大悦读®
精装全译本

经|典|流|芳|百|世　　文|学|滋|养|心|灵

译者简介

张炽恒，男，1963年生于江苏南通。诗人，杰出的文学翻译家。著有诗集《苏醒与宁静》。译著作品近50部，涵括诗歌、小说、戏剧、散文和童话等多种体裁经典文学，其中最具代表性的有《布莱克诗集》《悲剧之父埃斯库罗斯全集》《泰戈尔诗选》和《菲茨杰拉德小说选》等。

Selected Poems of Tagore

泰戈尔诗选

[印] 泰戈尔/著 张炽恒/译

——全译本——

北京燕山出版社
BEIJING YANSHAN PRESS

图书在版编目（CIP）数据

泰戈尔诗选 /（印）泰戈尔著；张炽恒译. — 北京：北京燕山出版社, 2016.12

ISBN 978-7-5402-4360-9

Ⅰ. ①泰… Ⅱ. ①泰… ②张… Ⅲ. ①诗集–印度–现代 Ⅳ. ①I351.25

中国版本图书馆CIP数据核字（2016）第296106号

泰戈尔诗选

TAIGEER SHIXUAN

作　　者：（印）泰戈尔
译　　者：张炽恒
责任编辑：郭东梅
责任校对：杜　睿　石　英
封面设计：唐韵设计
社　　址：北京市西城区陶然亭路53号（100054）
网　　站：http://www.bjyspress.com/
微　　博：http://weibo.com/u/2526206071
电　　话：01065240430
传　　真：01063587071
印　　刷：北京市松源印刷有限公司
开　　本：880mm × 1230mm　1/32
字　　数：140千字
印　　张：6.5
版　　次：2016年12月第1版
印　　次：2018年9月第3次印刷
定　　价：28.00 元
出版发行：北京燕山出版社 BEIJING YANSHAN PRESS

译本序

Preface

在一个忙碌和浮躁的时代，您打开这样一本书，看到这一页，我就应当向您表示敬意。读文学著作的人越来越少了，读诗的人更少。而其实，无论我们在怎样生活着，音乐、诗歌、梦想和其他许多美好的事物，对于我们有一个尽可能美好的人生，都是必须的。

你是谁，一百年后读着我的诗歌的读者?

我无法从这春天的富丽里送你一朵花，从那边的云彩里送你一道金。

打开你的门，放眼四望吧。

从你鲜花盛开的花园里，采集一百年前消失的花朵的芬芳记忆。

在你的心之欢乐里，愿你感到那活的欢乐，它歌唱着一个春日之晨，穿越一百年传送着它快乐的声音。

这是泰戈尔《园丁集》的最后一首诗。诗人虽是一个谦卑的人，却也自信自己的作品会流传下去。确实，近一百年来，泰戈尔在全世界的影响力经久不衰。而且可以说，在诺贝尔文学奖得主中，他是拥有最广泛的读者的诗人之一，也是中国读者最喜爱的一位外国诗人。

罗宾德拉纳特·泰戈尔（Rabindranath Tagore）1861年5月7日出

身于孟加拉加尔各答市一名门望族，书香门第。他在世时孟加拉还是印度的一个省，因此他一直被认为是印度诗人。

诗人兄弟姐妹十五人，他排行第十四。一个大家庭。他出生时已家道中落，生活并不富裕。但他的童年受到了良好的人文和艺术熏陶，他的兄姊中有近一半成就非凡，他本人则13岁便能创作长诗和颂歌体诗集。

泰戈尔没有好好读过书，因为不能忍受学校的呆板沉闷，14岁就退学；几年后在伦敦大学也只读了几个月便不得不回国，从此以文学创作为业，开始他的艺术人生之旅。20世纪20年代初，他创办了国际大学，其目的是为了全人类的利益，给各国艺术家、哲学家和科学家提供一个交流场所，为此诗人捐出了许多财产。在他的一生中，印度都是英国的殖民地，而他在第一次世界大战结束后参加了非暴力运动，为印度的独立奔走呼吁，被英王室褫夺了勋爵头衔。值得一提的是，1932年9月圣雄甘地开始绝食时，写信希望泰戈尔支持他，泰戈尔立刻回信并动身去监狱；甘地绝食行动胜利时，诗人在他的身边。

作为著名的诗人、作家、艺术家和社会活动家，他虽然享有盛名，一生丰富多彩，却也经历了许多坎坷。他幼年丧母，壮年丧妻，妻亡后又有一双儿女夭折。而他的另外几个子女也都相继离开他身边，他成了一个孤独的人。在社会活动中，他也经常遭受挫折，被人误解。他的中国之行，虽然受到中国各界众多名人的热烈欢迎，但当时真正理解他的人不多，并且遭到不少误解和抨击。在获得诺贝尔文学奖之前，他的诗作在自己的国家很少得到赞扬，多受批评和攻讦。

面对这种命运，泰戈尔满怀的是悲悯和爱，是对强权、金钱和暴力的轻蔑。一切化为美的旋律，从他心中流淌出来，洋溢在字里行间，使他成为一代“诗圣”。在他的约五十部诗集中，有八部由他本人从孟加拉文译成了英文，它们是：《吉檀迦利》《新月集》《园丁集》《飞鸟集》《采果集》《情人的礼物及歧路》（即《爱者之贻与歧路》）、《游思集》和《渡》，应该说，这是他最得意的八部作品。其中，《吉檀迦利》和《新月集》为他赢得了诺贝尔文学奖。而《新月集》则成了印度大、中、小学的必读教材。

诗人多才多艺，除诗歌外，他还创作了大量的小说和剧本，撰写了许多文学、哲学和政治方面的论著，而且作画谱曲不计其数。

泰戈尔的诗自成一派，特色极其鲜明。首先是诗中的景物：大地、树、花、绿草、河、海、山、渡口、船、牛、牛棚、阳台、摇篮、篱笆、屋檐、风、云、雨、雷电、太阳、群星、月亮、灯、火、黑夜、白昼、光、影、黎明、黄昏、梦、睡眠、仙境……都有一种独特的风情，也许是印度的风情，但又不全是印度的风情。应该说它们就是诗人的心境，广袤无边，包容着他的祖国同时又包容着世界。这也许就是诗人之伟大所在，诗人之魅力所在。

再者是诗中的人物：神、“我”、旅人、母亲、孩子、少女、妇人、牧人、船夫、商人、小贩、君王……以及所有的景物，因为这些景物常常是拟人化的。而出现得最多的是神、“我”、母亲和孩子。每一个诗人的诗中都有“我”，诗中不能无“我”，否则诗人便丧失了自我，不成其为诗人。而泰戈尔的“我”所倾诉的，主要是爱和悲悯。这些人物中最值得注意的是“母亲”和“孩子”，这可能与泰戈尔丧妻失子、与他的祖国的命运有关，但更重要的是，这些字眼诉说的是泰戈尔的善良，是他对于世界和人类的爱，是他的人性之美。他最令人敬仰的品德，在于常怀感恩之心，谦卑而无畏。他的这种品德是他的价值观的体现，这种价值观在他的作品中时有流露。

如前所述，泰戈尔一生中，他本人和他的祖国都遭遇着不幸，所以他的有些作品在美丽中流露出淡淡的忧伤。有时诗人甚至以死亡为诗的主题。他把死亡写得那么恬淡、那么美："我已经获准离去。向我道别吧，我的兄弟们！我向你们大家鞠个躬便启程。""但群星仍将在黑夜里守望，晨曦会照样升起，时辰将依然像海浪一样起伏着，激荡起痛苦和欢乐。"原也不奇怪，泰戈尔写那些诗时，已经年过半百，在当时的印度已经算是一个人的晚年了。但诗人一直纯真犹如孩童。"伟人是一个天生的孩子；他死去时把他的伟大童年留给了世界。"（《飞鸟集》第125首）他写下这首小诗的时候，大概没有意识到把自己也说了进去。1941年诗人以八十高龄辞世后，他的一颗童心连同大量美丽的诗作永远地留给了这个世界。

泰戈尔诗作的另一个特点是将哲思融入诗中，这是读者喜爱他的原因之一。有人认为，哲学和诗歌是互相排斥的，我曾举过一个反例，那就是威廉·布莱克。在《布莱克诗集》译序中，我曾经说过，布莱克的作品中，宗教、哲学和诗歌三位一体。另一个反例就是泰戈尔了。他的作品也是宗教、哲学和诗歌三位一体。布莱克也是个纯真如孩童的诗人。两位伟大的诗人已经有了两个共同之处。他们的第三个共同之处就是诗歌的音乐性，泰戈尔曾经撰文赞赏布莱克诗歌的音乐性，他自己的诗歌中同样回荡着音乐的旋律。

写到这里我才意识到，我只译过两位诗人的诗选集：布莱克和泰戈尔。这是不是一个巧合？

印度是诗歌之国，正如印度人能歌善舞一样，印度人喜爱吟唱诗歌，且多有能作诗者。也许正因为如此，泰戈尔的诗有不少表达了对诗歌本身的爱和赞美。他在诗中常说把他的歌献给神，而我们知道，他把诗歌献给了人类，献给了我们——一百年后读着他的诗歌的读者。

泰戈尔一生同情和热爱中国，1924年泰戈尔访问中国之后，他的作品开始被译成中文，并开始在中国拥有大量的读者和崇拜者。他的朋友、知音、译者、崇拜者还有反对者中，包括许多名家名人，如梁启超、蔡元培、林语堂、胡适、陈独秀、梅兰芳、徐悲鸿、刘半农、冰心、郭沫若、徐志摩、陈西滢、林徽因、王统照、郑振铎等。其中，徐志摩是他最相知最亲密的朋友，郑振铎（西谛）是他最忠实的译者。此后，读一读泰戈尔几乎成了中国文学爱好者的传统。时至今日仍然可以说，几乎所有的文学爱好者都读过他，并且喜爱他。

陈独秀是泰戈尔在中国的第一个译者（1915年，《赞歌》），具有讽刺意味的是，他后来成了泰戈尔最激烈的反对者。其他我们熟悉的早期译者中，包括赵景深、郑振铎、梁宗岱、徐志摩、李金发、伍蠡甫等。其中郑振铎先生的译作较具规模，且流传至今。后期的译者则有冰心、汤永宽、吴岩、石真、白开元等。

而在读者方面，可以说几乎所有的文学爱好者都读过，并且都喜爱泰戈尔的诗。因此，再来把泰戈尔的诗重译一遍，必须有勇气或者说斗胆，更必须格外多花些力气。对诗进行翻译原本就是迫不得已而为之，因为如果没有翻译，那么不懂原文，或者懂原文但达不到一定程度的读者，便无法读。从某种程度上说，译诗也是对诗的破坏，所以必须格外小心；译泰戈尔这样的大诗人的作品就必须更加小心，更何况是重译。

2003年以来，拙译第三次增加内容出版。希望读者有兴趣和机会时，对照泰戈尔作品的其他译本，甚至对照原文，对我选译的这个集子提出批评。在译事上，我是个追求完美的人，当然我知道，距离完美永远有很长的距离，但您的批评将帮助我从这距离中减去一小段。

在这里我要郑重地向读者致以深切的歉意：在前两个版本的泰戈尔诗译序或译后记中，因我不够严谨慎重，查询的是过时的资料，造成了讹误：一、说泰戈尔的儿女“尽皆夭折”，实际上他仍有几个子女，只不过都不在他身边；二、说诗人有六部诗集自己译成英文出版，实际上是八部。

郑振铎先生所译的《新月集》和《飞鸟集》、冰心先生所译的《吉檀迦利》，都是我早年所熟读的，在此我向二位前辈致以敬意。

本诗选收入了全部的《吉檀迦利》《新月集》和《飞鸟集》，选译了《园丁集》《采果集》《情人的礼物》《游思集》的部分内容。

张炽恒

2007年4月26日于上海

目 录

Contents

吉檀迦利（1910）

1

你已经使我无穷无尽，这样做是你的乐趣。这脆弱的器皿你一遍遍地把它倒空，永远给它充满新的生命。

这一支小小的芦笛你带着它翻山越岭，用它吹奏出了恒久常新的悠扬乐音。

在你双手的不朽触摸下，我小小的心快乐地失去了它的边际，诞生出无法言喻的言语。

你无穷的赐予我只是以这双小小的手来接取。岁月流逝，你仍然在倾注，而我手中仍然有可装的余地。

2

当你命令我唱歌时，我的心骄傲得仿佛要迸裂；我望着你的脸庞，泪水盈眶。

我生命中的一切粗糙与不谐都融为甜美的和谐——我的敬爱之心展开翅膀，像一只快乐的鸟儿在飞越大海的途中。

我知道你从我的歌唱中得到愉悦。我知道，我来到你面前只是作为一个歌者。

我的歌远远地伸开翅膀，我用它的边缘触着你的脚，那是我从来不敢想望触到的。

我沉醉在歌唱的快乐中，忘却了自我，你是我的主人，我却称呼你为朋友。

3

我不知道你怎样歌唱，我的主人！我永远惊奇而安静地聆听。

你音乐的光辉照亮了世界。你音乐的生命气息在诸天之间传送。你神圣的音乐之川冲破一切顽石的阻碍，奔流向前。

我的心渴望与你同歌，却徒然挣扎，发不出声音。我想说话，但言语不能一泻而成歌，我大叫却无声。啊，你用无边的音乐之网俘虏了我的心，我的主人！

4

我的生命之生命，我将永远保持我的躯体纯洁，因为我知道，你那洋溢着生命的触摸遍及我的全身。

我将永远不让虚妄接近我的思想，因为我知道，你正是那点燃我头脑中理智之灯的真理。

我将永远从我心中驱除一切邪恶，让我的爱之花常开不败，因为我知道，你的座位在我内心深处的神龛之中。

我将尽我所能在我的行为中展现你，因为我知道，是你的威力给了我行动的力量。

5

我请求放松一下，坐在你旁边。手头的工作稍后去完成。

看不见你的脸，我的心就不知道休息和缓解，我的工作就成了无边的辛劳之海中，无尽的辛劳。

今天，夏来到我窗前，叹息喁语；蜜蜂在鲜花盛开的树林之宫里，吟游献唱。

现在是完全放松的时候，和你对面而坐，在这静寂而充盈的闲暇里，咏唱生命的献歌。

6

摘走这朵小小的花，不要延迟！我怕它凋萎了，落进尘土。

我也许不配戴上你的花冠，但请你的手给它一触之痛的荣耀，把它摘下。

我怕我还没有警觉，便白昼已尽，献祭的时辰已过。

虽然它颜色不深，香气不浓，还请你用这花来做礼拜，趁着还有时间，把它摘下吧。

7

我的歌已卸下她的饰物。她没有了衣饰的荣华。装饰会损害我们的结合；它们会介入你我之间；它们的叮当声会淹没你的喁语。

我的诗人的虚荣，在你相形之下羞愧而死。诗主啊，我已经坐在你脚下。但求让我的生命简单而正直，如一支芦笛，让你来注入音乐。

8

那身穿王子袍、脖子上戴着珠宝链的孩子，游戏时失去了所有的快乐；每走一步他的服饰都妨碍着他。

因为害怕它们被磨损或沾上灰土，他将自己与世界隔开，甚至动也不敢动。

母亲，你的华美服饰是无益的，如果它们隔绝了大地的有益健康的尘土，如果它们夺去了进入寻常人生的盛大集市的权利。

9

呵，傻瓜，你想把自己背在肩上！呵，乞丐，你来到自己的门前乞讨！

将你的一切重负丢在那能够承受一切者手中吧，永远不要惋惜地回顾。

你的欲望的气息一触到灯，便立刻把灯火扑灭了。它是不圣洁的——不要通过它那不洁的手拿取礼物。只接受神圣的爱的奉献。

10

给你脚凳，给你在最贫穷、最低贱和失落的人所居住的地方歇足。

我试着向你鞠躬，但我的敬意无法下达到那么深，到你在最贫穷、最低贱和失落的人中间歇足的地方。

傲慢永远无法到达那地方：你穿着卑贱者的衣服，行走在最贫穷、最低贱和失落的人中间。

我的心永远无法找到去那儿的路：你一直陪伴着那些无人做伴的人，在最贫穷、最低贱和失落的人中间。

11

抛下这拨着念珠所作的吟诵、歌唱和倾诉！在这门扉全闭、孤寂黑暗的寺庙一隅，你在向谁做礼拜？睁开你的眼睛看看，你的神不在你面前！

他在农夫耕耘着硬土的地方，在筑路者敲打碎石的地方。在烈日下，在大雨中，他与他们同在，衣袍上蒙着尘土。脱下你的圣袍，甚至像他一样，下到尘土飞扬的土地上去吧！

解脱吗？哪儿去找解脱？我们的主人自己已经高高兴兴地戴上创造的镣铐；他永远和我们全体锁在了一起。

从你的冥思中出来，把你的鲜花和祭香抛在一旁！你的衣服被弄得破烂肮脏又有何妨？去见他吧，在辛苦的劳作中，满头大汗地站在他身边。

12

我旅行所用的时间很久，旅途也很漫长。

我在第一束晨光里驱车启程，匆匆赶路，穿过茫茫世界，在许多恒星和行星上留下车辙。

距离你自身最近的，正是最遥远的路程；使曲调变得极其简易的途径，正是最复杂的训练。

为了来到自己的门前，旅人必须敲开每一扇异乡的门；为了最终到达内心深处的神龛，人必须遍游外部世界。

我的目光游移过寥远，然后我才闭上眼睛，说道：“原来你在这里！”

疑问和呐喊“啊，在哪儿？”融化为千道泪流，以断言“我在这儿！”的洪流，淹没了世界。

13

我要唱的歌至今未唱。

一天天我把时间用来给乐器紧弦和松弦。

时候未到，歌词也未定；只有愿望之痛苦在我心中。

花儿尚未开放，只有风儿叹息而过。

我没有见到他的面，也没有听到他的声音；只听见他的脚步，轻轻地在我门前的路上行走。

一整天都在地上为他铺设座位，但是灯尚未点亮，我不能请他进屋。

我生活在和他相会的期待中，但这相会还没到时候。

14

我的欲望很多，我的哭喊声很可怜，但你总是用断然的拒绝拯救了我；这强力的悲悯已经透彻地融入我的生命。

日复一日，你使我更配得上你简朴而伟大的赐予，那是我未曾要求你便给我的——这天空和光明，这身体、生命和头脑——拯救我脱离欲求过度的危险。

有时我倦怠地闲荡，有时我清醒而急迫地寻找自己的目标；可是你残忍地隐去，不在我面前现身。

日复一日，你不时地拒绝我，拯救我从软弱而无常的欲望中脱险，使我更配得上你完全的接纳。

15

我来给你唱歌。在你的这个厅堂里，我有一隅之席位。

在你的世界里我没有工作；我无用的生命只能漫无目的地放歌。

在黑暗的午夜神殿里，当钟敲响你静默礼拜的时辰，我的主人，请命令我站在你面前歌唱。

当清晨的空气调好金色的竖琴，请给我荣幸，命令我出场。

16

我应邀来参加这世界的节庆，我的生命因此而得到祝福。我饱了眼福也饱了耳福。

这宴会上我分担的职责是奏乐，我也尽力而为了。

现在，我要问，时间终于到了吗？我可以进去一睹你的天颜，并献上我静默的问候吗？

17

我只在等候爱，等着最终把自己交托到他手里。所以我才如此迟缓，才犯这种懈怠之过。

他们带了法律和规章来紧紧约束我，但我总是逃避，因为我只在等候爱，等着最终把自己交托到他手里。

人们责备我，说我心不在焉；他们责备得有理，这我并不怀疑。

集市已散，忙碌的人们活儿已干完。那些白跑一回来叫我的人，已经悻然而返。我只在等候爱，等着最终把自己交托到他手里。

18

云层层堆积，天黑了。啊，爱人，你为何让我独自在门外等候？

忙碌的正午时分我和众人在一起，但这晦暗寂寞的日子我只期望和你独处。

如果你不露面，如果你完全把我抛在一边，我不知怎样度过这些漫长的阴雨时辰。

我一直凝望着遥远幽暗的天空，我的心呜咽着，随永不停息的风而流浪。

19

倘若你不言语，我将把你的静默充满我的心，忍受着它。我将一直静静地等待，像夜空在星光中无眠，耐心地低垂着它的头。

早晨一定会到来，黑暗也将消隐，你的声音将化作金色的光流，破开天幕飞泻而下。

那时你的话语将从我每一个鸟巢的歌声中展开翅膀，你的旋律将在我所有的树丛中绽放成花朵。

20

莲花盛开的那一天，唉，我心不在焉，我没有察觉。我的花篮空着，花儿一直无人理睬。

只是时而一阵忧伤袭击着我，我从梦中惊起，感觉到南风中有一缕异香的芳踪。

那朦胧的芬芳使我的心因渴望而作痛，我觉得那仿佛是夏日之急迫的呼吸，在寻求它的圆满。

当时我不知道它那么近，不知道它是我的，不知道这完美的芬芳已经开放在我自己的心灵深处。

21

我必须将我的小船开出去。一个个倦怠的时辰在海岸上消磨掉了——唉，我呀！

春天完成了花事，离去了。而我承载着落花，在等待和流连。

波涛渐渐地喧闹起来，岸边绿荫下的小径上黄叶飘落。

你所凝视的是何等的空旷！你没有感觉到空中一阵颤抖传过，从彼岸飘来遥远的歌声的音符？

22

多雨时节，你行走在幽深的七月之荫里，隐秘的脚步静谧如夜，躲避着所有注视的目光。

今日，早晨闭上眼睛，不理会东风急切而大声的呼叫，永不入睡的蓝天拉上了厚厚的面纱。

林地停息了歌声，家家户户闭上了门。在这杳无人迹的街道上，你是孤独的行路人。我唯一的朋友啊，我最爱的人，我屋子的大门敞开着——你不要像梦一样一经而过。

23

在这暴风雨之夜，你在海外的爱之旅途中吗，我的朋友？天空像绝望中的人一样在呻吟。

今夜我无眠。我不时地打开门，向黑暗中张望，我的朋友！

我的眼前什么也看不见。不知道你的路在何方！

在哪一条墨黑的河流的晦暗的岸边，在哪一片愁眉不展的森林的遥远的边缘，穿过什么样的迷宫般的幽暗深处，你一路穿行着向我而来，我的朋友？

24

假如白昼结束，鸟儿不再歌唱，假如风儿也露出疲态，就请给我戴上厚厚的黑暗之面纱，正如你用睡眠之床罩包裹大地，在黄昏轻轻合上低垂的莲荷花瓣。

正如当旅人旅途未终而行囊已空，行装已破又尘土满身，精疲且力竭，你解除他的羞涩与穷困，使他新生如同你仁慈的夜色笼罩下的花朵。

25

在困倦的夜里，让我不要硬撑着，把我自己交托给睡眠，把我的信赖托付给你。

让我不要强打起委顿的精神，勉勉强强准备给你做礼拜。

是你拉上夜之面纱，罩住白昼疲倦的眼睛，好在它醒来时，用更清新的喜悦更新它的视野。

26

他来坐在我身边，但我没有醒。多么可恨的睡眠，唉，我真是不幸！

他手中拿着竖琴，在夜深人静时来到，我的梦和美妙的琴音渐起共鸣。

唉，我的夜晚为何全这样虚度？啊，他的气息接触了我的睡梦，可我为何总见不到他的面容？

27

灯，啊灯在哪里？用炽热的愿望之火点燃它！

灯就在那儿，但从未闪烁过火焰——这就是你的命运么，我的心？啊，对于你，这样还不如死去的好！

痛苦叩着你的门，她带来的消息是你的主人醒着，他召唤你穿过夜之黑暗去赴爱的约会。

天空中阴云覆盖，雨下个不停。我不知道是什么在我内心搅动——我不知道它的含义。

一道闪电瞬间的闪光，给我的视野曳下更深的晦暗，夜之音乐召唤着我，我的心摸索着通往那边的道路。

灯，啊灯在哪里！用炽热的愿望之火把它点燃！雷声响起，风尖啸着从空旷中狂奔而过。夜像黑岩一般的黑。不要让时辰在黑暗中过去。用你的爱把灯点燃吧。

28

罗网是坚韧的，但要撕破它时我的心却作痛。

我所要的只是自由，但希冀着它时我却感到羞愧。

我明知那无价之宝在你那儿，知道你是我最好的朋友，却没有勇气去清扫满屋子的亮丽浮华之物。

我身上覆盖的是灰尘与死亡之尸衣；我恨它，却依然爱不释手地把它抱紧。

我的债务很多，我的失败惨重，我的耻辱隐秘而深沉；但我来祈福时，却害怕得浑身发抖，唯恐我的祈求得到应允。

29

我用我的名字围起来的那个人，在这地牢中哭泣。我一直忙于筑这道围墙；随着它一天天耸入云天，在它的黑影里，我的真我从我视野中消失了。

我以这大墙为傲，我给它涂上沙土，唯恐这名字上留下一个洞隙；煞费苦心之下，我的真我从我视野中消失了。

30

我独自出去赴约。但在静寂的黑暗中，是谁在跟着我？

我挪到一旁，想甩掉他，但我躲不开。

他趾高气昂，弄得尘土飞扬；我说出的每一个字，他都掺上高叫的声音。

他就是我的小我，我的主，他恬不知耻；但我羞于与他为伴，同来到你的门前。

31

“囚犯，告诉我，是谁给你上锁链的？”

“是我的主人，”囚犯说，“我以为自己在财富和权力上能胜过世上的每一个人，我的藏宝屋里聚敛了应属于国王的钱财。睡意压倒我的时候，我便躺在了给我的主预备的床上，醒来时发现我成了自己藏宝屋中的囚犯。”

“囚犯，告诉我，是谁打造了这牢不可破的铁链？”

“是我，”囚犯说，“我非常细致地锻造这铁链。我以为我的无敌的权力会把世界俘虏住，让我安享自由。因此我日日夜夜用烈火重锤打造这铁链。当工作终于完成，链环完美无缺牢不可破的时候，我发现它把我捆住了。”

32

这世上爱我的人，千方百计把我抓紧。但是你的爱不一样，你的爱比他们伟大，你给我自由。

他们唯恐我忘记他们，从来不敢把我独自丢下。而日复一日，你却一直不露面。

若不是我在祈祷中呼唤你，若不是我把你藏在心间，你对我的爱便依然还在等待我的爱。

33

白天他们走进我的宅子，说："我们只占用这儿最小的一个房间。"

他们说："我们会帮助你们敬你们的神，而且只会谦恭地从神的恩赐中领受我们的一份。"然后他们在角落里找了个座位，安静而温良地坐着。

但是在夜色中，我发现他们闯入我的神殿，强大而狂暴，邪恶而贪婪，从神的祭坛上攫走了祭品。

34

只要我一息尚存，就会把你称作我的一切。

只要我一愿尚存，就会感觉到四周你无处不在；我将通过万物接近你，时时刻刻向你奉献我的爱。

只要我一息尚存，就永远不会掩蔽你。

只要我的脚镣一节尚存，我就受你的意志束缚，我的生命就实现你的旨意——那脚镣就是你的爱。

35

在那里，头脑中没有恐惧，头颅高高扬起；

在那里，知识不受约束；

在那里，世界没有被分裂成碎片，用围墙各自围起狭小的一块；

在那里，话语出自真理的深处；

在那里，不懈的努力向完美伸出双臂；

在那里，理性的清泉没有迷失在僵死习惯的沉闷沙漠之中；

在那里，心灵在你的指引下前进，通往不断拓展的思想和行为——

进入那自由的天国，我的父，让我的国家觉醒吧。

36

这是我对你的祈祷，我的主——从我心中，从我心中根除贫乏。

给我力量，让我悠然承受悲欢。

给我力量，使我的爱在奉献中果实累累。

给我力量，令我永不拒纳穷人，永不在傲慢的权力面前屈膝。

给我力量，高扬我的心志，让它远远地超越日常琐事。

并且给我力量，助我怀着爱，拿我的力量听命于你的意志。

37

我以为，我已经到了能力的极限，我的旅程已经到达终点——

前路已绝，粮和水已尽，已经到了蔽身于清静归隐之所的时候。

但我发现，你的意志在我身上不知有终点。旧言词刚从舌尖上消失，新旋律便从心中迸发；旧车辙迷失之处，奇妙的新天地又蔚然展现。

38

我需要你，只需要你——让我的心无尽地重复这句话。昼夜折磨我的各种欲望，实质上都是错误和虚空。

黑夜对光明的祈求一直隐藏在它的晦暗里，我的潜意识的深处也不停地回响着呐喊：“我需要你，只需要你。”

风暴尽全力冲击平静，却寻求归结于平静；我的反叛之心冲击着你的爱，但它的呼声依然是：“我需要你，只需要你。”

39

当心灵干枯变硬时，请你莅临，带来阵雨般的仁慈。

当生命失去天恩时，请带来骤雨般的歌声。

当嘈杂的工作在四周喧闹，将我和外界隔绝，来吧，宁静之主，带来和平与休憩。

当我那乞丐一样的心蜷坐着，幽闭在角落里，请破门而入，我的王，带着王者的威仪。

当欲念以错觉和尘埃使心智失明，圣主啊，清醒的主，请你挟带着光和雷霆莅临。

40

我的神啊，我干涸的心上，已经多日洒不到雨水。地平线赤裸裸的，不见一缕云影的遮蔽，没有一丝远雨的凉意。

如果你真的想，就遣来愤怒的暴风雨吧，暗黑黑地挟带着死亡，挟带着震撼整个天空的一道道闪电之鞭。

但请召回，我的主啊，请召回这沉默却无处不在的炎热，它死寂、强烈而残酷，用可怕的绝望烧烤着心灵。

请让恩惠之云从空中垂降，像父亲发怒的日子母亲含泪的目光。

41

我的情人，你站在大家后面，藏在何处的阴影里？在尘土飞扬的路上，他们把你推开，径自走过去，不把你当回事。我摆开献给你的礼品，在困倦的时辰里守候，路人过来拿走我的花，一枝又一枝，我的篮子几乎空了。

早晨过去了，中午也过去了。暮色中我倦眼蒙眬。回家的人瞥着我笑，我羞赧难当。我像丐女一样坐着，拉起裙子挡住脸，他们问我要什么，我垂下眼睛，什么也不答。

哦，真的，我怎能告诉他们，我在等你，你也答应过会来。我怎能说我以这贫困为嫁妆，并引以为耻。啊，我把这尊荣搂紧在心底。

我坐在草地上，凝望天空，梦想你突然来到的荣耀——流光溢彩，车辇上金色的旌旗飘扬，路边人们站在那儿目瞪口呆，看着你走下车座，把我从尘埃中扶起，让这褴褛的丐女坐在你身旁，羞赧而骄傲，颤摇如夏日微风中的藤蔓。

时间悄悄流逝，依然听不见你车辇辘辘的声音。许多队伍风光而喧腾地走过，只有你，默默地站在阴影里，在大家后面？只有我，哭泣着等待，在徒然的渴盼中伤透了心？

42

初晨，我们悄悄地相约，要去扬帆行船，只有你和我，世界上没有一个人会知道我们这无有到达国、无有止境的朝圣。

在那一片无岸的海洋上，对着你静静聆听时的笑容，我的歌将澎湃着旋律，像波浪一样自由，不受任何言词的束缚。

那时辰还没有到来？还有工作要做？瞧，黄昏已经垂临海岸，在渐渐黯淡的霞光中，飞翔的海鸟正归巢而来。

谁知道什么时候链索会解开，这只船，会像落日的最后一道余晖一样，消融在夜色之中？

43

那天我没有准备好迎候你，你却不期而至来到我心中，像一个素不相识的凡人，我的王啊，在我生命中许多转瞬即逝的时刻，你盖上了永恒的印记。

今日我偶尔照见了它们，看到了你的签章，我发现它们散落在尘土中，和我已经遗忘的琐碎日子，那些欢乐和哀愁的记忆，混杂在一起。

你不曾鄙弃我童年尘土中的游戏，我在游戏室里听到过的脚步，正是群星间那回响的足音。

44

这是我的快乐：就这样守候在路旁，影逐光而移，雨随夏而至。

使者们带着不知名的天空的消息，问候了我，又加快脚步赶路。我内心充满欢乐，吹过的微风气息芬芳。

从黎明到黄昏，我就这样坐在门前，我知道，我一看见你，幸福的时刻便会突然来临。

那时我独自欢笑和歌唱。那时空气中充满应许之芳香。

45

你没有听见他静静的脚步声吗？他正前来，前来，永远在前来。

每时每刻，每一个时代，日日夜夜，他都在前来，前来，永远在前来。

我唱过许多的歌，虽然心态各异，但所有那些歌的音符都总是宣称："他正前来，前来，永远在前来。"

芬芳而明媚的四月天里，穿过森林里的小径，他正前来，前来，永远在前来。

昏暗阴雨的七月之夜里，坐着雷声轰鸣的云辇，他正前来，前来，永远在前来。

连绵的哀愁之中，是他的脚步踏在我心上，是他的双脚的黄金般的接触，使我的快乐生出光辉。

46

我不知道，从多么久远的时候起，你便一直走近来迎接我。你的太阳和群星决不能永远把你隐藏起来，不让我看见。

许多个清晨和黄昏，你的脚步声清晰可闻，你的使者秘密地来到我心中，召唤我。

我不知道，我的生活今日为何整个地激动起来，一种震颤的快乐感从我心间穿过。

把工作收起来的时间似乎已经到了，我感觉到空气中有一种淡淡的气息，在报告你甜蜜的莅临。

47

夜将尽了，没等到他。唯恐清晨他突然来到我门前，而我倦极了，已经睡着。朋友们啊，给他留着门——别拦着他。

如果他的脚步声没有来惊醒我，求你们别把我唤醒。我不希望鸟儿喧闹的合唱，风儿庆祝晨光的嚷嚷声，把我叫醒。让我安安静静地睡吧，即使我的主突然来到我门前。

啊，我的睡眠，宝贵的睡眠，只等着他的触摸才消散。啊，我合上的双眼，只在他笑脸的照耀下才开睫，那时他站在我面前，像睡眠之暗中浮现的梦。

让他作为最初的光明和形象，出现在我视野里。让我的灵魂觉醒后的第一次快乐的战栗，源自他的目光。让我的自我回归直接回归于他。

48

清晨的静寂之海，蓦然间荡漾起鸟儿的歌声；路边的花儿，全都喜笑颜开；云隙间散射出黄金万道，而我们行色匆匆，未曾留意。

我们不唱欢乐的歌儿，也不游玩；我们不去村里跟人家交换货物；我们一言不发，没有一丝笑容；我们在路上一刻也不逗留。时间飞逝，我们不断地加快脚步。

太阳升到了中天，鸽子在凉荫里咕咕地叫唤。枯叶在正午的热风中旋舞。牧童在菩提树荫里打盹和做梦，我在河边躺下来，在青草上舒展开四肢。

我的同伴们嘲笑我，他们昂着头，继续匆匆赶路；他们从不回顾或休息，他们消失在远处的蓝色雾霭之中。他们穿越过许多草地和山丘，经过许多遥远的陌生国度。一切荣耀属于你们，无休止的路途的英雄主人！嘲笑和责备刺激我，要我站起身来，但是我没有反应。我任凭自己深深地迷失在快意的耻辱之中——在一种朦胧的快乐的阴影里。

阳光镶嵌的绿荫之恬静，渐渐地笼罩在我心上。我忘了此行的目的，毫不抗拒地把自己的心智托付给阴影和歌曲的迷宫。

当我最终从微眠中醒来、睁开眼睛的时候，我看见你站在我身旁，将我的睡眠沉浸在你的微笑之中。我曾经多么惧怕路途之遥远和疲惫，惧怕到达你面前的努力之艰辛！

49

你从宝座上下来，站在我的小屋门前。

我正在屋子一隅独自唱歌，却被你听见了。你下来站在我的小屋门前。

你的厅堂里有许多大师，所有的时辰都有人在歌唱。而我这初学者的简朴颂歌，却赢得了你的垂爱。于是一支忧伤的小曲，和世界的伟大音乐融合在一起；你还带了一枝花作为奖赏，下来驻足在我的小屋门前。

50

我去村里的小路上沿门乞讨，看见远处你金光闪烁的车辇，像一个绚烂的梦，我想知道这众王之王是谁！

我的希望高高升起，我觉得不幸的日子到头了，站在那儿等待主动的施舍，等待撒落在四周尘土中的财宝。

车辇停在了我站立的地方。你的目光落到我身上，微笑着下了车。我觉得一生中好运终于来了。这时你突然伸出右手，说道："你有什么给我？"

开什么君主式的玩笑哦，居然摊开手向乞丐求乞！我迷糊了，站在那儿狐疑不决，然后从讨饭袋里慢慢取出一颗最小的谷粒，给了你。

但那是多大的惊喜哦，一天下来，我在地上倒空袋子时，在一堆粗劣之物中，发现了一颗最小的金豆。我痛哭了，后悔自己没有那份心胸，不曾对你倾囊相赠。

51

天黑了。白昼的工作已做完。我们以为最后一位投宿的客人已经来到，村里家家户户都关了门。只有几个人说，王会来的。我们笑了，说：“不，不可能的！”

好像有敲门的声音，我们说那只不过是风。我们熄了灯，躺下睡觉。只有几个人说：“是信使！”我们笑了，说：“不，肯定是风！”

夜的死寂里传来一个响声。我们困倦地以为是远处的雷鸣。地动墙摇，我们在睡梦中受了惊扰。只有几个人说是车轮的声音。我们昏昏欲睡地咕哝道：“不，肯定是云中滚雷！”

鼓声响起时天依然是黑的。声音传来：“快起来！别拖延！”我们用手按住心口，害怕得发抖。有几个人说：“瞧，王的旗子！”我们站起身来，喊叫着：“没时间拖延了！”

王来了，但是灯在哪里，花冠在哪里？给他坐的宝座在哪里？啊，丢人！啊，丢死人了！厅堂在哪里，陈设在哪里？有人说了：“哭叫有什么用！空着手去迎接他吧，把他让进你徒有四壁的房间！”

打开门，吹起海螺！深夜里，我们的黑暗沉闷之屋的王驾临了。天空中雷霆怒吼。黑暗在电闪中发抖。拿出你破烂的席片，铺在院子里吧。我们的恐惧之夜的王，挟带着暴风雨驾临了。

52

我觉得该当向你索要挂在你颈上的玫瑰花环，可我不敢。所以我等待天亮，想等你离开后，在床上找几片残花。我像个乞丐，在黎明时分搜寻着，只为了一两片散落的花瓣。

我啊，我找的是什么？你的爱留下了什么表记？不是花，不是香料，也不是一瓶香水。是你的神威的剑，火一样光芒闪耀，雷霆般沉重。初露的晨曦透过窗户照进来，洒在你的床上。晨鸟叽叽喳喳地问："女人，你得到了什么？"不，不是花，不是香料，也不是一瓶香水。是你的可畏的剑。

我坐在那儿好奇地沉思：这是你的什么礼物。我没有地方收藏它。我不好意思佩戴它，我那么柔弱，把它抱在怀里我会受伤。但我将把这荣耀挂在心头，这痛苦的负担，你的礼物。

今后在这世上我将不再有恐惧，在我的一切奋斗中，你都会赢得胜利。你把死亡留给我做伴，我将用我的生命给它加冕。有你的剑随身斩断镣铐，在这世上我将不再有恐惧。

今后我将舍弃一切小巧的饰物。我的心灵之主啊，没有什么可让我在一隅等待和哭泣了，我将不再羞怯和娇柔。你给了我剑作装饰。玩偶的饰物我再也不要了！

53

你的手镯很美，镶着星辰，用五光十色的珠宝做得很精巧。但是对于我，更美的是你的剑，它那闪电的曲线犹如毗瑟拏[①]的神鸟展开的翅膀，完美地平悬在落日怒发的红光里。

它震颤着，像生命遭到死亡的最后一击时，在如痴如醉的痛苦中，所作出的那最后一次反应；它闪耀着，如同猛烈一闪，燃起尘世理性之光的，那一片纯洁的火焰。

你的手镯很美，镶着星辰般的宝石；而你的剑，雷霆之主啊，却是用极度的美锻造成的，看一眼或想一下都令人敬畏。

---

① 毗瑟拏，印度教主神之一，守护神。

54

我不向你索求什么；我不对着你的耳朵说出我的名字。你离开的时候我默默地站着。我独自在树影斜映的井边，女人们已经顶着装满水的褐色瓦罐，回家去了。她们呼唤着我，叫道："一起走吧，都快中午了。"但我倦慵地流连不去，迷失在恍惚的冥想之中。

你走来时我没有听见你的脚步。你看着我时目光忧伤；你低声说话时声音疲倦："啊，我是个干渴的过路人。"我从白日梦中惊醒，把我罐里的水倒在你掬起的掌中。树叶在头顶上沙沙作响；布谷鸟在看不见的幽暗处歌唱，路的拐弯处飘来芭芭拉①花的芳香。

你问我名字时，我羞得站在那儿一言不发。真的，我为你做了什么，值得你记住我？我能给你饮水解渴，这记忆却会缠绕在我心里，馨香甜蜜。上午时辰快过去了，鸟儿的歌也倦了，尼姆树②叶在头顶上沙沙作响，我坐着，想了又想。

55

倦怠压在你心头，睡意仍然留在你眼中。

没有消息传给你，说花儿正容光焕发，荆棘丛中是花的天下吗？醒来，啊醒来！不要让时间白白流逝！

在石径的尽头，在处女之孤寂的国度里，我的朋友依然独坐在那儿。不要欺骗他。醒来，啊醒来！

---

① 芭芭拉，babla，印度的一种草本植物，开穗状小花，不同于球根植物东方百合芭芭拉（Babara）。

② 尼姆树，又称印度楝树，有些印度教徒认为此树可治百病，穆斯林则视此树为神树。

哪怕天空在骄阳中天的酷热中喘息颤抖——哪怕灼热的沙地展开它的干渴之斗篷——

你的心灵深处难道没有快乐？在你的每一个脚步下，道路之竖琴难道不会因痛苦而迸发出甜美的乐音？

56

就这样，你的快乐充满了我的心。就这样，你降临到我面前。哦，诸天之主啊，如果不在我身上，你的爱还能在哪里？

你让我成了这一切财富的共享者。在我心中，是你的欢乐在无休止地雀跃。在我的生命里，是你的意志永远呈现。

因此啊，你这众王之王用美来修饰自己，来俘获我的心。因此啊，你的爱消融在你情人的爱里，你以合二为一的形象在这爱里显现。

57

光，我的光，充盈世界的光，亲吻眼睛的光，让心儿甜蜜的光！

啊，我的心肝，光在我生命的中心跳舞；我的心肝，光拨动着我爱的琴弦；天门大开，风儿狂奔，笑声在大地上空流传。

蝴蝶在光海上张开它们的风帆。百合和茉莉在光涛的浪尖上汹涌澎湃。

我的心肝，光在每一片云彩上碎成黄金，散开千万颗宝石。

我的心肝，欢笑在一片片树叶间舒展开来，喜悦无边无际地延伸。天国的河流淹没了堤岸，泛滥开欢乐的洪水。

58

让一切欢乐的旋律融汇在我最后的歌中——那使大地泛滥起草海狂澜的欢乐；那使生与死，这对孪生兄弟，在广袤的世界上跳舞的欢乐；那挟带着暴风雨席卷而来，大笑着摇撼和唤醒一切生命的欢乐；那含着泪，静坐在开放着的痛苦之红莲上的欢乐；那将其所有一切抛掷于尘土之中，却不知所谓的欢乐。

59

是的，我知道，这不是别的，只是你的爱，我心爱的人儿——这在树叶上跳舞的金光，这些在天上航行的悠闲的云朵，这吹拂过我前额留下凉意的微风。

晨光的洪流涌进我的双眼——这是你传送给我心灵的消息。你从空中俯下脸来，你的目光俯望着我的眼睛，我的心触到了你的双足。

60

在无尽世界的海岸上孩子们相遇了。头顶上无限的天空寂然不动，不息的海水喧腾着。在无尽世界的海岸上孩子们叫喊着舞蹈着相遇了。

他们用沙子造房屋，他们拿空贝壳玩耍。他们用枯叶造船，笑吟吟地把它们飘向广袤的海洋。孩子们在世界的海岸上做他们的游戏。

他们不知道怎样游泳，他们不知道怎样撒网。采珠人潜水采集珍珠，商人们扬帆行商，而孩子们却采集卵石，又将它们撒落。他们无意寻找宝藏，他们不知道怎样撒网。

大海大笑着鼓起波涛，微光闪烁的是海滩的笑容。凶险的海浪对孩子们唱着无意义的歌谣，竟然像给婴儿摇着摇篮的母亲。大海同孩子们戏耍着，微光闪烁的是海滩的笑容。

在无尽世界的海岸上孩子们相遇了。暴风雨在没有路径的天空上游荡着，商船在没有航道的海面上毁坏了，死亡四处传播而孩子在游戏。在无尽世界的海岸上是孩子们的伟大相遇。

61

那在婴孩眼睛上轻轻飞翔的睡眠——有谁知道它从哪儿来吗？是啊，传说它自有居处，那是森林绿荫中的一处仙居，幽幽地燃着萤火虫的光亮，挂着两个有魔力的羞怯的花蕾。它正是从那儿飞来亲吻婴孩的眼睛。

那在婴孩睡眠时摇曳在他嘴唇上的笑容——有谁知道它是从哪儿诞生的吗？是啊，传说那是一束年轻、淡弱的新月之光，触了一朵正在消散的云彩的边缘，于是在一个用露水洗浴过的清晨之梦中，诞生了最初的笑容——婴孩睡眠时在他嘴唇上摇曳的笑容。

那在婴孩四肢上绽开的甜蜜而柔美的清新——有谁知道它在哪儿藏了那么久？是啊，当母亲还是少女时，它在爱的静寂与神秘中，在她心头栖息弥漫——那在婴孩四肢上绽开的甜蜜而柔美的清新。

62

当我给你带来彩色玩具，我的孩子，我明白了为什么云朵和水面上有那样的色彩变幻，为什么花朵染上了颜色——当我给你彩色玩具，我的孩子。

当我唱歌使你跳起舞来，我真的懂得了为什么叶子上有音乐，为什么波浪将它们合唱的声音送入倾听着的大地心中——当我唱着歌使你跳起舞来。

当我给你贪婪的手带来糖果的时候，我懂得了为什么花蕊里有蜜，为什么果子里秘密地充满了甜汁——当我给你贪婪的手带来糖果时。

63

你使我不认识的朋友们认识了我。你在不属于我的家里给了我座位。你将疏远拉近，使异乡人成为兄弟。

离开自己习惯了的蔽身所时我心中不安；我忘了新居中住着故人，你也住在那里。

穿过生与死，在这个世界或别的世界，无论你引领我去哪里，我无尽的生命中的唯一伴侣都是你，依然是你，是你用欢乐之锁链，将我的心与不熟识的人连在一起。

当一个人认识了你，世上便没有了异类，没有了关闭的门。啊，应允我的祈求吧，让我在“众多”的游戏中，永远不失去接触“唯一”的福祉。

64

在荒凉河流的坡岸上，深草丛中，我问她：“少女啊，你用披风遮着灯盏，要去哪里？我的屋子漆黑一片且寂寞——把你的灯借给我！”她抬起黑色的眼睛，透过薄暮看着我的脸，看了一会儿：“我到河边来，”她说，“是要在日光消逝于西方的时候，在流水中漂我的灯。”我独自站在深草丛中，看着她那羞怯的灯焰在潮水上无用地漂流。

在夜色渐浓的寂静里，我问她：“少女啊，你的灯全点亮了——你要带着灯盏去哪里？我的屋子漆黑一片且寂寞——把你的灯借给我。”她抬起眼睛看着我的脸，犹疑地站了一会儿。“我来这儿，”最后她说，“是要把我的灯献给天空。”我站在那儿，看着她的灯在虚空中无用地燃着。

在子夜无月的晦暗中，我问她：“少女啊，你将灯盏贴近心口，要寻求什么？我的屋子漆黑一片且寂寞——把你的灯借给我。”她停顿片刻，想了一想，在黑暗中注视着我的脸：“我带着灯来，”她说，“是要参加狂欢会。”我站在那儿，看着她那盏小小的灯无用地消失在众灯之中。

65

我的神，从我满溢的生命之杯里，你要饮取什么样的圣酒？

我的诗神，你的快乐是通过我的眼睛看见你的造物，站在我耳轮上静听你自己的永恒谐音吗？

你的世界正在我头脑里编织话语，你的欢乐正给它们谱上乐曲。你通过爱把自己交给我，又通过我感受你自己的全部甘美。

66

永存于我生命深处，永存于曙暮熹微中的她；在晨光中永不撩开面纱的她，将是我包裹在我最后的歌里，献给你的最后礼物，我的神。

言语向她求过爱，没有赢得她；劝诱向她伸出过渴望的臂膀，也是枉然。

我曾把她藏在内心深处，漫游诸国，我生命的兴衰曾围绕着她起落。

她统治着我的思想和行动，我的睡眠和梦想，却依然离群独居。

许多人敲我的门，来找她，都绝望地离去。

世界上没有一个人见过她的面，她依然在孤独中期待你的赏睐。

67

你是天空，你也是巢。

美丽的你啊，正是你的爱，以颜色、声音和气息在巢中围护着灵魂。

那边晨来了，她右手提着金篮，以美之花环，静静地为大地加冕。

那边黄昏来了，她越过畜群不至的草地、穿过荒无人迹的小径而来，她所携带的金水罐中，盛着从西方的安息之海中舀取的和平之凉饮。

但是那边，那无垠的天空伸展开来供灵魂飞翔的境界，是无瑕的白辉在统治着。那里没有昼夜之分，没有形状也没有色彩，而且永远、永远无言。

68

你的阳光来到我这一片大地上，张开双臂，整日站立在我门前，往回运送用我的眼泪、叹息和歌声做成的云。

你带着喜爱之色，快乐地将那云雾之带缠绕在你的胸上，折叠出无数的形状和褶皱，给它染上变幻无穷的色彩。

它含着泪光，那么轻灵飘逸，温柔忧郁；无瑕而安详的你啊，那正是你爱它的原因。正因为如此，它得以用它那令人生怜的暗影，遮掩你那令人敬畏的白光。

69

在我血脉中日夜流动的这同一道泉流，在世界中流动着，合着节拍跳舞。

正是这同一种生命，从大地的尘土中快乐地绽放出无数青草的叶片，蓦然间喧腾起叶与花的海洋。

正是这同一种生命，在潮涨潮落中，摇动着出生与死亡之海的摇篮。

我感觉到，这生命之世界的触摸使我的肢体容光焕发。我的骄傲来自于岁月的生命之脉搏，此刻它正在我血液中跳舞。

70

你能超然物外，不因这韵律中的欢乐而欢乐？这里面回旋着可怕的欢乐，你能不被投进去，迷失和崩溃于其间？

万物奔流向前，它们不停留也不回顾，任何力量都挡不住它们，它们奔流向前。

合着那急遽不宁的音乐的步调，季节跳着舞来了又去——在这充盈的快乐里，色彩、乐曲和芬芳倾泻出无尽的瀑流，每时每刻都在散溅、停歇和消亡。

71

我当多多发挥自己，从各方面发挥，从而把多彩的影子投射到你的光辉上——那就是你的空幻境界[1]。

你在你自身中设立隔屏，然后用无数杂异的音调来称呼割裂的自己。你这分身已在我之中成形。

激昂的歌声透彻天空，回响在多彩的泪水和微笑、惊恐和希望之中；波澜起而复落，美梦破而又生。我之中是你的自我战胜。

你升起的这块屏幕上，用夜与昼的画笔，画着无数的形象。幕后你的座席，是用奇妙神秘的曲线织成，你弃而不用所有单调的直线。

你和我组成的盛大场景，布满了苍穹。你和我构成的旋律，长

---

① 原文maya，印度教中的空幻境界。

空为之震颤；所有的时代，在你和我的捉迷藏游戏中过去了。

72

是他，最深处的那个，用他深藏的接触将我的存在唤醒。

是他，将他的魅力赋予这双眼睛，让我的心弦快乐地弹奏出种种悲与喜的节拍。

是他用金和银、蓝和绿的轻灵色彩，编织出这空幻境界之网，让我们透过他双足的交叠向外窥望，他的触摸使我忘记了自我。

岁月流逝，是他永远以许多名字、许多外表，许多痴醉的欢乐和悲哀，打动着我的心。

73

在自我克制中，解脱并不适合我。在万千愉悦的束缚中，我感到自由。

你不断为我斟上你新出的酒，将颜色和芳香各异的酒液，斟满这土制的器皿。

我的世界将用你的火焰点燃它百盏形态各异的明灯，将它们供在你庙宇中的祭坛之前。

不，我永不会关闭我的感官之门。视觉、听觉和触觉的愉悦将承载你的愉悦。

是啊，我的一切幻想将化作欢乐的明光，我的一切愿望将成熟为爱的果实。

74

白昼已逝，暗影在大地上。是我拿水罐去河边汲水的时候了。

晚风任凭凄恻的水声诉说着渴望。啊，它呼唤我到外面的暮色中来。孤寂的小巷里杳无行人，风吹过来，河面上泛起涟漪。

我不知道是否应该回家去。我不知道碰巧会遇上谁。浅滩那边的小船上不知是谁在弹他的琵琶。

75

你给我们凡人的礼物满足了我们的一切需求，却又分毫未减地跑回你那里。

河水有它每天的工作要做，它匆匆地从田野和村落间穿过，那不断的水流却又绕回来为你濯足。

花儿用它的芬芳熏香了空气，而它最后的贡献是把它自己献给你。

对你的敬奉并不会使世界穷困。

从诗人的言辞里，人们获取他们所中意的含义，而它们最终的意义所指向的是你。

76

日复一日，我的生命之主啊，我该面对面站在你跟前了。我合掌而待，诸界之主啊，我该面对面站在你跟前了。

孤独而静默地，在你崇高的天空下，以一颗谦卑的心，我该面对面站在你跟前了。

在你这劳苦的世界里，在喧嚣中劳累和挣扎着，置身于匆忙的人群中，我该面对面站在你跟前了。

在这世上我工作做完的那一天，众王之王啊，独自默默无言地，我该面对面站在你跟前了。

77

我认你为神而站得远远的——我没有认你为自己而走近些。我认你为父亲而俯伏在你脚下——我没有抓住你的手，当你是朋友。

我没有站在你降临的地方，把你当成自己来拥有，没有把你当作亲密的同伴，紧抱在心头。

你是我的兄弟中间的兄弟，但是我没有留意他们，我没有把自己的所得与他们共享，从而与你分享我的一切。

我没有与人们甘苦相从，从而与你相从。我畏缩着不肯舍生，从而没有投入生命的大海洋中。

78

天地初开、群星闪耀着她们最初的华彩时，众神在天上集会，唱着："啊，完美的图画！纯粹的欢乐！"

但一位神突然叫起来："光链里好像少了一环，失落了一颗星。"

竖琴的金弦猛然折断，他们的歌声停止了，他们惊惶地叫着："失落的那颗星是最美的，她是诸天的荣耀！"

从那一天开始，从来没有停止过寻找她，这呼叫声众口相传，说她的失落使世界失去了一份快乐！

只在夜间最深的寂静里，群星微笑着，在她们自己中间低语着——“这种寻找是徒然的！无损的完美正笼罩着万物！”

79

如果我今生无缘与你相会，就让我永远觉得自己错失了良机——让我时刻不忘，让我在做梦和清醒的时辰都带着这悔憾之痛。

我的日子在这世界拥挤的市场中度过，我的手中渐渐装满了每日的赢利，让我永远觉得我一无所获——让我时刻不忘，让我在做梦和清醒的时辰都带着这悔憾之痛。

我坐在路旁，疲惫喘息，当我在尘土中摊开卧具，让我永远觉得前面还有漫长的旅途——让我时刻不忘，让我在做梦和清醒的时辰都带着这悔憾之痛。

当我的房间全装饰好，长笛声和笑语喧腾起来的时候，让我永远觉得自己还没有邀请你光临——让我时刻不忘，让我在做梦和清醒的时辰都带着这悔憾之痛。

80

我像一片秋日的残云，无用地在天上游荡，哦，我永远光耀的太阳！你的触摸尚未融化我的蒸汽，使我与你的光合一，因此我计算着与你分离的岁月。

如果这是你的愿望，如果这是你的游戏，就请拈起我这片漂泊的虚无，给它染上颜色，镀上金辉，让它随无常的风儿漂浮，舒卷成种种奇观。

如果你的愿望又是在夜晚结束这游戏，就让我在黑暗中消散，或消融在白色晨光的笑颜里，在透明之洁净的凉意里。

81

许多无所事事的日子里，我痛惜失落的时光。而时光并没有失落，我的主。你把我的每一寸时光拿在你自己手里。

你藏在万物心中，滋养种子萌芽，催育蓓蕾绽放，助花朵成熟出果实累累。

我疲惫了，睡在休憩之床上，想象所有的工作都已经停止。早晨醒来时我却发现，花园里满目是花朵的奇迹。

82

时间在你手中是无尽的，我的主。你的分秒无法计算。

昼与夜在流逝，时代像花儿，开了又落。你知道如何等待。

你的世纪鱼贯而过，使一朵小野花臻于完美。

我们没有时间可失落；因为没有时间，我们必须抢夺时机。我们太穷了，不能迟到。

事情就是这样：当我把时间给予索要它的每一个坏脾气的人时，时间过去了，最后你的祭坛上空空的什么祭品也没有。

一天结束了，我匆匆赶来，唯恐你的大门已经关上，却发现时间还有余裕。

83

母亲，我将用我的悲哀之泪，为你编一串珍珠项链。

群星用星光做了脚镯来装饰你的双足，但我的将挂在你胸前。

财富和名望由你而来，予与不予也由你。但这悲哀完全属于我自己，当我把它作为献礼拿给你时，你拿你的恩典给我作酬报。

84

是离别之痛在世界上四处传播，在无垠的天空上生出无数的幻象。

是这离别之愁整夜默默地在星辰间凝望，在七月的阴雨之暗中，在沙沙作响的树叶间，变成抒情的诗歌。

是这弥漫的痛苦深化为爱和欲，成为人间的苦与乐；正是它通过我的诗人之心，永远融化和涌流成诗歌。

85

战士们第一次走出主人的厅堂时，他们的力量藏在哪儿？他们的盔甲和武器在哪儿？

他们的模样可怜而无助，他们走出主人厅堂的那一天，箭雨便向他们袭来。

战士们行进着回归主人的厅堂时，他们的力量藏在哪儿？

他们放下了宝剑，放下了弓箭；和平在他们的前额上放光。他们行进着回归主人厅堂的那一天，他们的生命之果留在了身后。

86

你的仆人，死神，在我的门口。他越过不知名的大海，带着你的召命来到我家。

夜色晦暗，我心恐惧——但我依然会掌起灯，打开门，躬身欢迎他——站在我门口的是你的信使。

我将膜拜他，把我心灵的珍宝放在他脚下。

他完成使命后就会回去，给我的早晨留下一道黑影；在我的废屋之中，只剩下我被遗弃的自身，作为我给你的最后献礼。

87

在令人绝望的希望中，我去房间的每一个角落里寻找她；我没有找到。

我的房子很小，无论什么一旦失去便不可复得。

但你的大厦是无边际的，我的主，为了寻找她，我只得来到你门前。

我伫立在你黄昏的金色天穹下，抬起渴望的眼睛看着你的脸。

我来到了永恒之峭壁的边缘，万事万物不会从这里消失——希望、幸福、泪眼中看见的面容的幻影。

啊，把我空洞的生命浸到那一片海洋中去吧，把它投进那最深邃的圆满之中。让我在宇宙的完整里，感受一次那失去的甜美接触。

88

破庙里的神！七弦琴的断弦不再唱你的赞歌。晚钟不再宣告礼拜你的时辰。你周围的空中一片寂静。

游荡的春风来到你荒凉的居所。它带来了花的消息——不再作为祭品奉献给你的花。

你的礼拜者，经过往昔的流浪，一直在渴望你仍然拒赐的恩典。日暮时分，火光和阴影与蒙尘的昏暗交织在一起，他带着心的饥渴，疲惫地回到破庙之中。

你的许多节日默默地来到，破庙里的神。你的许多礼拜之夜在无灯无火中过去。

许多新神像被艺术大师们的巧手造了出来，但它们的时限一到，便被抛进神圣的遗忘之川。

只有破庙里的神遗留在不死之中，无人礼拜，无人照管。

89

我再不会高声聒噪了——这是我主人的意愿。从此后我轻声款语。我心中的话将变成歌，轻轻地吟唱出来。

人们匆匆赶往国王的市场。买卖的人全都在那里。但时间才到中午，活儿正忙的时候，我便不合时宜地离开。

那就让我花园里的花儿出来吧，虽然还没到时候；让正午的蜜蜂懒洋洋地奏起它们嗡嗡的歌。

我曾一整个一整个时辰，在善与恶的交战中度过，如今却是空闲日子找玩伴的乐趣，将我的心引向他身边；不知为什么，这突然的召唤所向着的，是何等的无益处和没道理！

90

到死神来敲你门的那一天，你拿什么贡献给他？

啊，我要在客人面前摆上满满一盅我的生命——我决不会让他空手而去。

所有夏日和秋夜我所酿造的所有甜美的酒，忙碌的一生中我所挣得和拾取的一切，我都会摆在他面前，在我的日子结束的时候，当死神来敲我门的时候。

91

你啊，生命最后的实现，死神，我的死神，来向我喁语！

日复一日，我守候着你；为你我承受着生命的欢乐与剧痛。

我的一切存在，一切所有，一切希望和一切的爱，一直在秘密之深处向你奔流。你的眼睛向我最后一瞥，我的生命便会永远归你所有。

花儿已经编起来了，花环已为新郎备好。婚礼过后，新娘便要离家，在长夜之孤寂中和她的主人相会。

92

我知道那一天会来临，那时这尘世将从我眼前消失，生命将默默地离我而去，拉起最后的帘幕盖上我的眼睛。

但群星仍将在黑夜里守望，晨曦会照样升起，时辰将依然像海浪一样起伏着，激荡起痛苦和欢乐。

当我想到我这瞬间光阴的终点，瞬间光阴的栅栏便破了，我借着死亡之光，看到了你的世界，看到了它的无人在意的宝藏。珍奇的是它最低微的座位，珍奇的是它最卑贱的生物。

我渴望而得不到的，我已经得到的——都让它们成为过去吧。我一向不屑一顾、视而不见的，且让我真切地拥有。

93

我已经获准离去。向我道别吧，我的兄弟们！我向你们大家鞠个躬便启程。

我这就把我门上的钥匙交还——我放弃我对房子的一切权利。我只求从你们那儿得到最后几句友善的话。

我们做了很久的邻居，但是我接受的多，能够给予的少。现在天已破晓，照亮我黑暗一隅的那盏灯已经熄灭。召命已至，我已经准备好上路了。

94

我走了，在这离别的时刻，祝我好运吧，我的朋友们！天空辉映着曙光，我前面的路是美丽的。

别问我有什么可带往那边。我带着空空的双手和期待的心启程。

我将戴上婚礼的花环。我穿的不是旅人的红褐色行装，虽然路途险阻，我心中无所畏惧。

旅程结束时晚星将升起，王宫门口将弹奏出凄美的曙暮光之乐。

95

我初次跨过此生之门槛的那一刻，我并没有意识到。

是什么力量，使我开放在这广袤的神秘之中，如蓓蕾绽放在午夜的森林！

早晨我瞻望着光明时，立刻感到在这世上我不是陌生人，感到那无名亦无形的“不可测”以我自己母亲的形象，把我抱在怀里。

正是如此，在死亡里，同一未知者将以我熟知的形象出现。正因我热爱此生，我知道，我也将热爱死亡。

母亲把孩子从右乳上移开时，他会啼哭，但他立刻又会在左乳上找到安慰。

96

我离此而去的时候，且以此作我告别的话语：我见过的是无与伦比的。

在光明之海上展开的这朵莲花，我尝过它深藏的花蜜，我因此而受到祝福——且以此作我告别的话语。

在这间有无数形象的游戏室里，我已经玩到过游戏；也是在这里，我见到过无有形象的他。

我的整个身体和四肢，曾在无从接触的他触摸下抖颤；如果终点就此来到——且以此作我告别的话语。

97

当我的游戏与你同做时，我从未问过你是谁。我不知羞怯也不知畏惧，我生活在尽情喧闹之中。

你像我的亲密同伴一样，大清早就把我从睡梦中唤醒，带着我从林间空地跑向林间空地。

那些日子里，我从不留意去了解你对我所唱的那些歌的含义。我只是随声附和你的曲调，我的心跟着曲子的节奏跳舞。

现在，游戏的时光已经过去，这突然呈现在我眼前的，是什么样的情景？世界敬畏地伫立着，垂下眼睛看着你的脚，环伺着它的群星也静默无声。

98

我将以战利品——我的失败之花环来装饰你。不被征服地逃脱是我永远力所不及。

我确然知晓，我的骄傲将碰壁，我的生命将在极度的痛苦中打破它的镣铐，我的空空的心会像空心的芦苇一样呜咽出音乐，石头将融化成泪水。

我确然知晓，莲花的百瓣不会永远不开，它那隐秘的蜜龛将袒露。

蓝天上将有一只眼睛注视着我，无言地召唤我。我将一无所有，赤条条而去，在你脚下将完全的死亡领受。

99

放开舵的时候，我知道，你来执掌它的时候到了。该做的立刻就做。挣扎是徒然的。

那就把手拿开，默默地举起，承认失败吧，我的心。把静静地坐在安排给你的地方，看作是你的幸运。

每一阵微风过来，我的这些灯都被吹灭，去点亮它们的时候，我屡屡把其余的事全都忘记。

这一次我会很聪明，我会在地上铺好席子，在黑暗中等候；无论你什么时候高兴，我的主，请悄悄地过来坐下。

100

我潜入形式之海的深处，希望得到无形式之完美珍珠。

我不再以我这一条饱经风雨的小船，扬帆在港湾之间。我以颠簸在海浪上为娱乐的日子，早已过去。

现在我渴望死于不死之中。

我拿起这一架我的生命之竖琴，是要进入深不可测的深渊旁那座觐见厅里，那里澎湃着无声的琴弦上奏出的音乐。

我要调我的琴，让它奏出永恒之曲；当它呜咽出它最后的心声，便把我静默的竖琴放在静默的脚下。

101

我一生中一直在凭着我的歌寻找你。是它们挨门逐户领着我，我凭着它们而有了知觉，摸索着我的世界。

是我的歌教会了我学过的一切功课；它们向我展示密径，它们把我心中地平线上的许多星星，带进我的视野。

它们整天带我去看欢乐与痛苦之国的神秘；最后，在我旅途终点的黄昏，它们把我带到了哪一座宫殿的门口？

102

我对人们夸口说我了解你。他们在我所有的作品中看见你的画像。他们来问我：“他是谁？”我不知道如何回答。我说：“真的，我说不出来。”他们责备我，轻蔑地走开了。而你坐在那儿微笑。

我把你的故事编成永恒的歌。秘密从我心中涌出。他们来请求我：“告诉我所有的含义。”我不知道如何回答。我说：“啊，谁知道是什么意思！”他们笑了，轻蔑至极地走开。而你坐在那儿微笑。

103

在我对你的礼拜中，我的神，让我的一切感官伸展在你脚下，感触这个世界。

像七月里一片噙着阵雨的沉甸甸的雨云，在我对你的礼拜中，让我的全部神智俯伏在你门前。

让我所有的歌将不同的旋律融汇成一道清流，在我对你的礼拜中，流向静寂之海。

像一群思乡的鹤，日夜飞向它们大山中的鹤巢，在我对你的礼拜中，让我的整个生命启程去往它永恒的家乡。

新月集（1913）

家

我独自走在穿越田野的路上，夕阳正像守财奴似的收藏起它最后的金子。

白昼之光愈益深沉地陷入黑暗之中，丧失了伴偶的大地静静地躺着，它的庄稼已经收割。

蓦然间一个男孩尖锐的声音升向天空。他穿过看不见的黑暗，留下歌声的痕迹划过黄昏的静谧。

他的村舍之家躺在荒原的尽头，在甘蔗地的那一边，隐没在香蕉树、瘦长的槟榔树、椰子树和深绿色的木波罗树的树荫里。

我在星光下的孤寂之路上停留了片刻，看见黑暗中的大地铺展在我面前，用她的臂膀拥着无数的家，那些家里有摇篮和床铺、母亲的心和夜晚的灯，年幼的生命快快乐乐，却浑然不知那快乐之于世界的价值。

婴孩之道

只要婴孩想飞，他此刻就能飞上天国。

他不离开我们并非无缘无故。

他爱将脑袋憩息在母亲的胸上，一刻也不肯让她从他的视线中离开。

婴孩知道各式各样的聪明话，尽管世界上没有什么人理解它们的意思。

他从来都不想说并非无缘无故。

他想做的一件事是从母亲的嘴唇上学会母亲的话。那就是他看上去如此天真的原因。

婴孩有一大堆的黄金和珍珠，但他来到这世上时却像一个乞丐。

他这般装模作样而来并非无缘无故。

这个赤裸着的亲爱的小乞儿假装完全无助，那样他便可以乞讨到母亲爱的财富。

婴孩在小小的新月之国中时，是不受一切束缚的。

他放弃他的自由并非无缘无故。

他知道在母亲心房的小小一隅里藏有无尽的欢乐，被她搂着、拥在臂弯里，其甜美远胜于自由。

婴孩原先根本不懂得啼哭。他原本住在尽善尽美的乐土。

他选择流泪并非无缘无故。

虽然他可爱的小脸上的笑容牵引着母亲的疼爱之心，但他为一丁点苦恼而发出的细小哭声，却编织出怜与爱的双重束带。

无人留意的盛典

啊，是谁给那件小罩衫染上颜色的，我的孩子，还用那件红色的束腰小褂子遮住你可爱的胳膊和腿？

你一大早就到院子里来玩耍了，跑起来摇摇晃晃、跌跌撞撞。

但是，是谁给那件小罩衫染上颜色的，我的孩子？

是什么让你发笑的，我小小的生命之蓓蕾？

母亲站在门口，笑吟吟地望着你。

她拍着手，手镯丁零零地响，你手持竹竿跳着舞，像一个小不点儿牧童。

但是，是什么让你发笑的，我小小的生命之蓓蕾？

哦，乞儿，你用双手搂住你母亲的脖子，想乞讨些什么？

哦，贪得无厌的心，要我像摘果子似的，将世界从天上摘下来，放在你玫瑰红的小手掌上吗？

哦，乞儿，你想乞讨些什么？

风欢快地带走你脚镯的叮铃声。

太阳微笑着望着你的装束。当你在母亲的臂弯里睡眠时，天空守望着你，早晨踮着脚尖走到你床前，吻你的眼睛。

风欢快地带走你脚镯的叮铃声。

梦仙子正飞越暮色里的天空，向你飞来。

世界的母亲在你母亲的心中坐在你身旁。

向星星奏乐的人，他正手持横笛站在你窗前。

而梦仙子正飞越暮色里的天空，向你飞来。

偷睡眠者

是谁从婴孩眼睛里偷走了睡眠？我一定要知道。

母亲将水罐挟在腰间，去邻村汲水。

是正午的时候。孩子们游戏的时间已经结束；池塘里的鸭子安静了下来。

牧童躺在榕树的树荫下睡着了。

白鹤庄重地、静静地站在芒果树丛旁的沼泽地里。

就在这个时候，偷睡眠者来了，从婴孩眼睛里一把抓过睡眠，便飞走了。

母亲回来的时候，发现婴孩四肢着地在房间里转悠。

是谁从婴孩眼睛里偷走了睡眠？我一定要知道。我一定要找到她，将她锁起来。

我一定要向那黑暗的洞穴里查看一番，那里面有一道涓流从大鹅卵石和嶙峋的岩石间淌下。

我一定要到醉花树丛那令人昏昏欲睡的树荫里搜寻一番，那里面鸽子在它们的一隅里咕咕地叫，在繁星满天的夜之静寂中，仙女的脚镯丁零零地响。

黄昏时我将向竹林里那呢喃的寂静中窥望，那里面萤火虫浪费着它们的光，我会问我遇见的每一个生灵：“有谁能告诉我，偷睡眠者住在哪儿？”

是谁从婴孩眼睛里偷走了睡眠？我一定要知道。

难道我不该好好教训她一番，只要我能捉住她！

我会查抄她的巢，看看她把偷来的睡眠都敛藏在哪儿。

我会把它们全部夺过来，带回家。

我会牢牢地缚住她的两只翅膀，把她放在河岸上，然后让她拿一根芦苇，在灯芯草和睡莲中间以钓鱼为戏。

黄昏时分，当集市散了，村里的孩子们坐在母亲膝上时，夜鸟便会在她耳边叽叽喳喳地嘲笑说：

“现在你还会去偷谁的睡眠呢？”

初　始

“我从哪儿来，你是在哪儿捡到我的？”婴孩问母亲。

她将婴孩搂在胸前，半是哭、半是笑地答道——“你曾经是藏在我心里的愿望，我的宝贝。

“你曾经在我童年玩耍的玩偶里，那时我每天早晨用泥土做我的神像，那时我把你做了又拆。

“你与我们的家神一同受供奉，我在对他的膜拜中膜拜了你。

“你曾生活在我一切的希望与爱之中，在我的生命、在我母亲的生命之中。

“在统治我们家族的不死精灵的膝上，你曾被哺育了许多载。

“在我的少女时代，我心灵的花瓣开了，你成了一缕馨香缭绕着它。

“你的柔嫩开放在我青春的肢体上，像太阳升起之前天空里的一片光辉。

“天国的第一宝贝，晨曦的孪生兄弟，你曾经在世界之生命的溪流上浮泛而下，最后驻留在了我的心头。

“当我注视着你的小脸时，神秘湮没了我；你本属于天下，却成了我的。

“因为怕失去你，我将你紧拥在胸前。是什么魔术将世界的宝物诱入我这纤细的臂弯中来的呢？”

婴孩的世界

我愿能在我的婴孩自己的世界的中心，占得静谧的一隅。

我知道那里面有星星同他说话，有一片天空冲着他的脸俯下身子，用傻乎乎的云朵和彩虹来逗他开心。

那些让人以为不会说话，并且似乎永远不会动的东西，都带着它们的故事，捧着堆满颜色鲜亮的玩具的托盘，匍匐着来到他的窗前。

我愿能在穿越婴孩思绪的路上旅行，抛开一切束缚；

在那儿，信使们无缘由地奔走于无历史的王国之间；

在那儿，理性用她的法律做成风筝，将它们放飞；真理使事实摆脱脚镣，得到自由。

时候与缘由

当我给你带来彩色玩具，我的孩子，我明白了为什么云朵和水面上有那样的色彩变幻，为什么花朵染上了颜色——当我给你彩色玩具，我的孩子。

当我唱歌使你跳起舞来，我真的懂得了为什么叶子上有音乐，为什么波浪将它们合唱的声音送入倾听着的大地心中——当我唱着歌使你跳起舞来。

当我给你贪婪的手带来糖果的时候，我懂得了为什么花蕊里有蜜，为什么果子里秘密地充满了甜汁——当我给你贪婪的手带来糖果时。

当我吻你的脸使你展开笑颜，我的宝贝，我真的懂得了天空在晨光中流泻的是什么样的欢欣，夏日的微风给我的身体带来的是什么样的欢愉——当我吻你使你展开笑颜。

诽　谤

你眼睛里为什么有泪水，我的孩子？

多么讨厌，他们总是无缘无故地责备你！

你写字时墨水沾污了手指和脸——那就是他们说你脏的原因吗？

啊，呸！只因为满月在脸上涂了墨水，他们就敢说它脏吗？

他们为每一件小事责备你，我的孩子。他们总是想无缘无故找碴儿。

你玩耍时撕破了衣服——那就是他们说你不整洁的原因吗？

啊，呸！秋日清晨透过破碎的云彩露出笑颜，他们会说它什么呢？

别理会他们对你说的话，我的孩子。

他们把你的过错列了长长一串。人人都知道你多么喜爱糖果——那就是他们说你贪婪的原因吗？

啊，呸！那么，我们喜爱你，他们会说我们什么呢？

法　官

你想怎么说他随你的便，但我知道我的孩子的缺点。

我爱他并非因为他好，而是因为他是我的小孩子。

当你拿他的长处对比短处作衡量时，你怎么会知道他有多么可爱呢？

当我惩罚他的时候，他更成了我生命的一部分。

当我使他流泪时，我的心和他一同哭泣。

只有我有权责备和惩罚他，因为只有怀着爱心才可以责罚。

玩　具

孩子，你多快乐呀，整个早晨坐在尘土里，玩一根折断的嫩树枝。

我微笑着看你玩那一根小小的折断的嫩树枝。

我忙着算账，一个钟点一个钟点地把数字加起来。

也许你瞥着我，心想："多傻的游戏，把早晨的时光糟蹋了！"

孩子，我已经忘了专心致志玩树枝和泥饼的本领了。

我寻找昂贵的玩具，收集一块一块的金银。

你无论找着什么都能发明出开心的游戏，我却把时间和精力都耗费在我永远得不到的东西上。

我在脆弱的独木舟里挣扎着越过欲望之海，却忘了自己也在玩一个游戏。

天文学家

我只是说："傍晚，当圆圆的满月被缠在那棵喀达姆树①的枝桠间时，有人能捉住它吗？"

哥哥却笑我，说道："宝宝，你真是我见过的最傻的孩子。月

① 喀达姆树，印度的一种树，可达150英尺高，开大而美的金色球状花。

亮离我们那么远，怎么可能有人捉住它？”

我说：“哥哥你多傻！当母亲从窗子里往外看，微笑着俯望我们玩耍时，你会说她很远吗？”

他还是说：“你真是个傻孩子！可是，宝宝，你到哪儿去找一张网，大得能捉住月亮呢？”

我说：“你当然可以用手去捉它。”

可是哥哥笑着说道：“你真是我见过的最傻的孩子。如果月亮离得近些，你就会看到它有多大了。”

我说：“哥哥，他们在学校里教你的那一套多无聊！当母亲弯下腰来吻我们时，她的脸看上去很大吗？”

可是哥哥仍然说：“你是个傻孩子。”

云彩与波浪

母亲，住在上面云彩里的家伙呼唤我——

“我们醒来时便玩耍，直到白昼结束。

“我们与金色的曙光玩耍，我们与银色的月亮玩耍。”

我问：“可是，我怎么上去呢？”他们答道：“来到大地的边缘，向天空举起手，你就会被提到云彩里来。”

“我母亲在家里等着我，”我说，“我怎能丢下她前去呢？”

于是他们笑着飘走了。

但是我知道一个比那更棒的游戏，母亲。

我做云彩，你做月亮。

我用双手遮蔽你，我们家的屋顶就是蓝天。

住在波浪里的家伙呼唤我——

“我们从早晨唱到夜晚，我们旅行再旅行，却不知经过了什么地方。”

我问：“可是，我怎样加入你们呢？”他们告诉我说：“来到海岸的边缘，站在那儿紧闭眼睛，你就会被带到波浪上来。”

我说：“我母亲总是希望我晚上待在家里——我怎能丢下她前去呢？”

于是他们笑着，跳着舞流走了。

但是我知道一个比那更好的游戏。

我做波浪，你做陌生的海岸。

我翻滚再翻滚，大笑着摔在你的膝上。

世界上没有一个人知道我俩在什么地方。

金香花①

假如我只是为了好玩，变成一朵金香花，长在那棵树高处的枝头，在风中欢笑摇曳，在新绽的叶芽上跳舞，你会认出我来吗，母亲？

你会唤道：“宝宝，你在哪儿？”我会暗自窃笑，一点声音也不出。

我会悄悄地开放花瓣，看你做事。

当你沐浴后，湿发披在肩上，穿过金香木的树荫，走向你做祈祷的小院子时，你会注意到花的香气，却不知道那是我发出的。

---

① 金香花，金香木所开之花，大而芳香。金香木为东印度特有的一种名贵树木。

午饭后你坐在窗前读《罗摩衍那》[1]，那棵树的影子落在你的头发和膝上时，我会把我细小的影子投在你所读的那一页上，就在你所读的地方。

可是你会猜到那是你的小孩子的小小影子吗？

黄昏时你手中拿着点亮了的灯去牛棚，我会突然落回地上，又成了你的宝宝，乞求你给我讲一个故事。

“你去哪儿了，你这淘气的孩子？”

“我不想告诉你，母亲。”那就是你和我到时候会说的话。

仙　境

如果让人们知道我的王宫在哪儿，它就会消失在空中。

墙壁是白银，屋顶是亮闪闪的黄金。

王后住在有七个庭院的宫苑里，她佩戴着一颗价值七个王国的珠宝。

可我还是告诉你吧，母亲，悄悄地，告诉你我的王国在哪儿。

就在我们阳台的角落里，放九层塔[2]花盆的地方。

公主躺在远方七个无法逾越的大海的岸边，沉睡着。

除了我自己，世界上没有人找得到她。

她手臂上戴着手镯，耳朵上坠着珍珠；她的头发垂拂到地面上。

当我用魔杖触她的时候，她会醒来；她微笑的时候，珠宝会从

---

① 《罗摩衍那》，印度史诗。

② 九层塔，薄荷香属植物，可食，可入药，古希腊人用来制香料，在印度为祭品。

她唇间滑落。

可我还是跟你咬个耳朵吧，母亲；她就在我们阳台的角落里，放九层塔花盆的地方。

到你要去河里沐浴的时候，请移步到屋顶上的阳台来吧。

我坐在角落里墙壁的影子叠映在一起的地方。

我只让小猫咪陪我来，因为她知道故事里的理发师住在哪儿。

可我还是跟你咬个耳朵吧，母亲，告诉你故事里的理发师住在哪儿。

就在我们阳台的角落里，放九层塔花盆的地方。

流放之地

母亲，天上的光线成了灰色；我不知道现在几点了。

我玩得很没劲，所以到你这儿来。今天是礼拜六，我们的假日。

放下你的活儿，母亲；坐到这儿窗前来，给我讲童话里的特潘塔尔沙漠在哪儿。

雨的影子从头到尾遮蔽了白昼。

凶狠的闪电用指甲划着天空。

当乌云发出闷响，雷声轰鸣的时候，我爱心里面怕怕的，紧紧搂住你。

当大雨几个钟点地拍打着竹叶，我们的窗子在狂风中摇撼着嘎嘎作响的时候，我喜欢独自和你坐在屋里，母亲，听你讲童话里的特潘塔尔沙漠。

它在哪儿，母亲，在哪一片大海的岸边，在哪一座山的脚下，在哪一个国王的王国里？

那里没有树篱标出田野的边界，没有穿越过田野的人行小径，让村民们晚上回村，让森林里拾干柴的女人背着柴捆去集市。沙地上只有补丁似的一小片一小片黄草，只有一棵树，树上筑着一对聪明的老鸟的巢，特潘塔尔沙漠就那样躺卧在那儿。

我能够想象得到，就在这样一个阴云笼罩的日子，国王的年轻的儿子，怎样独自骑着一匹灰马穿过沙漠，去寻找在那一片未知海洋的彼岸，在那巨人宫殿里躺着，被囚禁着的公主。

当雨雾在遥远的天空降落下来，闪电像突如其来的阵痛一样发作的时候，他是否记起他那不幸的母亲，被国王遗弃了，正擦着眼泪打扫牛棚，当他骑着马穿越童话里的特潘塔尔沙漠的时候？

看，母亲，白昼还没有过去，天就差不多黑了，那边村庄的路上已经没有旅人。

牧童已经早早地从牧场回家，男人们已经丢下他们的田地，坐在茅屋屋檐下的草席上，望着阴沉的云。

母亲，我已经把所有的书留在书架上——现在别叫我做功课。

当我长大了，像父亲一样大的时候，我将学会一切该学的东西。

只是今天，母亲，告诉我，童话里的特潘塔尔沙漠在哪儿？

雨　天

阴沉沉的云迅速地积聚在森林暗黑的边缘。

啊，孩子，别出去！

湖边那一排棕榈树正用头撞击着阴郁的天空；乌鸦耷拉着翅膀静静地栖在罗望子树枝头，河的东岸正渗透着愈益浓重的晦暗。

我们家的母牛拴在篱笆上，在高声吽叫。

啊，孩子，待在这儿，等我把她牵进牛棚里。

男人们都涌到淹水的田野里去捉鱼了，它们从泛溢的池塘里逃了出来；雨水淌成了小溪，在狭窄的小径上奔流着，就像一个男孩逗弄他母亲，笑着从她身边跑开。

听，有人在浅滩上高声呼叫船夫。

啊，孩子，日光黯淡，渡口的摆渡已经停了。

天空仿佛骑在狂奔的雨上疾驰，河里的水喧嚣而暴躁，女人们已经带着汲满了水的水罐，早早地从恒河边匆匆赶回家中。

夜晚用的灯一定要备好。

啊，孩子，别出去！

去集市的路上已经没有人迹，去河边的小径很滑。风在竹枝间哆嗦挣扎，仿佛一头困在网中的野兽。

纸　船

日复一日，我在奔流的溪上漂我的纸船，一只只让它们顺水而下。

我用大黑字把我的名字和我住的村名写在纸船上。

我希望陌生的土地上有人发现它们，知道我是谁。

我把花园里的秀莉花[1]载在小船上，希望这些黎明之花会在夜间被平平安安地带到岸上。

我让纸船出航，仰望天空，看见小小的云朵正张着鼓满风的白帆。

我不知道天上有我的什么玩伴将它们顺着空气放下来，同我的船比赛！

夜晚来临的时候，我把脸埋在臂弯里，梦见我的纸船在午夜星光下漂流前去，前去。

睡仙子们坐在船里，她们携载着的是装满梦的篮子。

水 手

船夫马德胡的船停泊在拉吉根吉码头。

它无用地装载着黄麻，很久以来一直闲置在那儿。

只要他肯把船借给我，我就给它配备一百个桨手，升起船帆，五片、六片或七片。

我决不会把它开到愚蠢的集市去。我会航遍仙境里的七个海和十三条河。

可是，母亲，你别在角落里为我哭泣。

我不会像罗摩犍陀罗[2]一样到森林里去，一去十四年才回来。

我会变成故事里的王子，把我的船装满所有我喜欢的东西。

---

① 秀莉花，印度的一种灌木，雨后开花，花色近朝阳之色。

② 罗摩犍陀罗，即罗摩王子，印度史诗《罗摩衍那》的主角，曾为手足之情放弃王位，到森林里自我放逐了十四年。

我会带我的朋友阿苏同去。我们会快乐地航行，穿越仙境里的七个海和十三条河。

我们会在初晨的晨曦里扬起风帆。

正午你在池塘里沐浴的时候，我们将在一个陌生国王的国度里。

我们会经过特浦尔尼浅滩，把特潘塔尔沙漠甩在身后。

我们回来时，会是天快黑的时候，我会告诉你我们所见到的一切。

我将穿越仙境里的七个海和十三条河。

对 岸

我渴望去那边，到河对岸去，

那边船排成一行，系在竹竿上；

那边，男人们早晨肩上扛着犁，乘船过河，去耕耘他们的田地；

那边，牧牛人赶着哞哞叫的牛游过河，到河畔的牧场去；

黄昏的时候，他们全都回来了，留下胡狼在那长满荒草的岛上嚎叫，

母亲，如果你不介意，我长大了想当渡船的船夫。

他们说那高高的河岸后面，有些奇怪的河塘，

雨过后那边会来成群的野鸭，池塘四周长着密密的芦苇，水鸟把蛋生在里面；

那边，鹬鸟舞动着尾巴，在洁净的软泥上印上小小的足迹；

那边，黄昏的时候，戴着白色花冠的长草邀请月光在它们的波

浪上飘荡。

母亲，如果你不介意，我长大了想当渡船的船夫。

我会在河岸之间来回穿梭，村子里所有男孩和女孩下河沐浴时都会对我表示惊讶。

当太阳爬到天顶，早晨消逝、正午来临的时候，我会跑到你跟前，说：“母亲，我饿了！”

当白昼结束，影子俯伏在树底下的时候，我会在暮色中归来。

我决不会像父亲一样，离开你身边，到镇上去做事。

母亲，如果你不介意，我长大了想当渡船的船夫。

花的学校

当雷雨云在天上轰鸣，六月的阵雨落下的时候，

湿润的东风大踏步越过荒野而来，到竹林里吹响它的风笛。

于是一群群的花从无人知道的地方跑出来，在草上狂欢地跳舞。

母亲，我真的觉得那一群群花朵是在地下的学校里上学。

它们关上门做功课，如果它们想不到时间就出来玩耍，它们的校长就罚它们站壁角。

雨一来，它们就放假了。

树枝在森林里互相碰撞，绿叶在狂风中飒飒地响，雷雨云拍着大手，花孩子们冲了出来，穿着粉红的、黄的和白的衣裳。

你可知道，母亲，它们的家在天上，在星星所在的地方。

你没有看见它们是怎样地急着要去那儿吗？你不知道它们为什么那样匆忙？

当然，我能猜到它们向谁举起了臂膀：它们也有母亲，就像我有自己的母亲一样。

商　人

想象一下，母亲，你待在家里，而我去陌生的国度旅行。

想象着我的船已经满载货物，准备好启航了。

现在好好想一想，母亲，然后告诉我，我回来时该给你带些什么。

母亲，你想要成堆成堆的黄金吗？

那边，在金色溪流的岸边，田野里遍地是金色的庄稼。

在林中小径的树荫里，金色的金香花落在地上。

我要为你把它们全收拾起来，装满好几百个篮子。

母亲，你要像秋天的雨点一样大的珍珠吗？

我会渡海到珍珠岛的岸上去。那儿，在晨曦里，珍珠在草地里的花朵上颤动，珍珠掉在草上，珍珠被狂野的海浪撒落在沙滩上。

哥哥会得到一对长翅膀的骏马，它们能在云彩间飞翔。

父亲我会带给他一支魔笔，在他不知不觉中，它会自己写文章。

而你，母亲，我一定要为你弄到价值七个王国的首饰盒和珠宝。

同　情

如果我只是一只小狗，而不是你的宝宝，亲爱的妈妈，如果我想吃你盘子里的东西，你会对我说“不”吗？

你会把我赶走，对我说：

“滚开，你这淘气的小狗”吗？

那么走开，母亲，走开！你唤我的时候，我决不会到你身边去，永远也不让你喂我吃东西了。

如果我只是一只绿色的小鹦鹉，而不是你的宝宝，亲爱的母亲，你会怕我飞走，而用链子把我拴住吗？

你会对我晃晃手指头，说：“真是一只不知感恩的贱鸟！日日夜夜都在啄链子”吗？

那么走开，母亲，走开！我要跑到树林里去；我永远不让你再把我抱在你的臂弯里了。

职　业

早晨大钟敲十下的时候，我沿着小巷走去上学，

我每天遇见那个小贩在叫：“手镯，水晶手镯！”

没有什么事催着他去做，没有什么路他非走不可，没有什么地方他不去不行，没有规定他什么时候一定得回家。

我要是个小贩多好，在路上打发日子，叫着：“手镯，水晶手镯！”

下午四点钟我放学回家，

透过那所宅子的大门我能看见园丁在掘地。

他用铲子爱干什么就什么，他把衣裳弄脏了，沾了尘土；如果他被太阳晒黑了，或者被雨淋湿了，没有人把他训一顿。

我要是个园丁多好，在花园里挖个不停，没有人来阻止我。

傍晚天刚黑下来，母亲就送我上床，

透过敞开的窗户我能看见更夫走过来走过去。

巷子里又黑又寂寞，街灯站在那儿，像一个头上长一只红眼睛的巨人。

更夫晃着手里的灯笼，同他身旁的影子一起走着，一辈子也不曾上床一次。

我要是个更夫多好，整夜在街上走，打着灯笼追自己的影子。

做哥哥

母亲，你的宝宝真傻！她孩子气得那么荒唐！

她不知道街灯和星星不是一回事。

我们玩拿小石子当食物的游戏时，她以为那是真的食物，想把它们放进嘴里。

我在她面前打开一本书，要她学a，b，c，她却用手撕破书页，无缘无故地开心大叫；这就是你的宝宝做功课的方式。

我生气地对她摇摇头，骂她，说她淘气，她却大笑，觉得好玩极了。

人人都知道父亲不在家，但是如果我在做游戏时高叫一声“父亲”，她就兴奋地四处张望，以为父亲真的在近旁。

我们的洗衣人赶着驴子来取衣服时，我给驴子们上课，并且警告她我是校长，她会没缘由地尖叫，并且叫我哥哥。

你的宝宝想抓月亮。她是那么好玩；她把象头神叫作浆头绳。

母亲，母亲，你的宝宝真傻！她孩子气得那么荒唐！

小大人

我个子小，因为我是个小孩。到我像父亲一样的年纪时，我就会变大。

我的老师会走过来对我说："时候不早了，把你的石板和书拿来。"

我就会告诉他："你不知道我像父亲一样大了吗？我不必再上课了。"

我的老师会感到惊讶，并且说："随他的便吧，他可以丢下书本了，因为他已经长大了。"

我会穿得像模像样，走到人群拥挤的集市去。

我叔叔会奔过来对我说："你会走失的，我的孩子；我带你去吧。"

我会答道："你看不到吗，叔叔，我已经像父亲一样大了。我得独自一人去。"

叔叔会说："是啊，他想去哪儿就可以去哪儿，因为他已经长大了。"

母亲从浴室里出来时，我正要给我的保姆钱，因为那时候我已经知道怎样用钥匙打开钱箱了。

母亲会说："你在干什么呀，淘气的孩子？"

我会告诉她："母亲，你不知道吗，我已经像父亲一样大了，我得给我的保姆银子。"

母亲会自言自语道："他想给谁钱都可以，因为他已经长大了。"

十月份放假的时候，父亲会回家来，他以为我还是个宝宝，会从镇上买了小鞋子和小绸袍给我。

我会说："父亲，把它们给哥哥吧，因为我已经像你一样大了。"

父亲会想一想，说道："随他的便吧，他可以自己买衣服了，因为他已经长大了。"

十二点钟

母亲，现在我想放下功课。我已经念了一上午的书了。

你说才十二点钟。就算没超过吧，你就不能把才到十二点钟看成已经是下午？

我轻而易举就能想象到，现在太阳已经到了那片稻田的边缘，那个老渔妇正在池塘边，采集做晚餐的野菜。

我只要闭上眼睛，就能想见母亲树[①]下阴影正渐渐变得深黑，池塘里的水看上去闪着幽黑的亮光。

如果十二点钟能够在黑夜里来到，为什么黑夜不能在十二点钟来到呢？

---

① 母亲树，一种生长在热带地区的树，即贝叶棕，被印度人及我国傣族人等尊为圣树之一种。

写 作

你说父亲写了许多书，但是他写的我不明白。

整个黄昏他都在读给你听，但是你真的能弄懂他的意思吗？

母亲，你能给我们讲多好的故事啊！我真奇怪，父亲为什么不能那样写呢？

他从没有听他自己的母亲讲过巨人、仙女和公主的故事吗？

还是他已经全忘记了？

他时常迟迟不沐浴，你不得不过去叫他一百次。

你等候着，不断帮他热菜，但是他继续写，把它忘了。

父亲总是以做书为游戏。

我一走到父亲的房间里去玩，你就会过来叫我："多淘气的孩子！"

哪怕我发出最轻微的一点声音，你也会说："你没看见父亲在工作吗？"

总是写了又写有什么好玩的？

当我拿了父亲的钢笔或铅笔，像他一模一样地在他书上写——a，b，c，d，e，f，g，h，i——那时，你为什么跟我生气呢，母亲？

父亲写的时候你却从来不说一句话。

父亲浪费了那么一大堆纸，你似乎毫不在意。

可是哪怕我只是拿了一张纸去做船，你也会说："孩子，你多么讨厌！"

父亲用墨迹涂满了纸的两面，弄脏了一张又一张纸，你是怎么想的呢？

坏邮差

你为什么坐在那边地板上，那么安静和沉默？告诉我，亲爱的母亲。

雨从敞开的窗户里进来，把你全身打湿了，你却不在意。

你听到大钟敲了四下吗？是我哥哥放学回家的时候了。

到底发生了什么事，你看上去那么奇怪？

今天你没有收到父亲的来信吗？

我看见邮差用邮袋送来了信，镇子里几乎人人都有。

只有父亲的信，他留下来自己看。那邮差肯定是个坏人。

可是别为那件事不高兴吧，亲爱的母亲。

明天是邻村开集市的日子。你叫你的侍女去买些笔和纸吧。

我自己来写父亲所有的信；你连一个错也不会找到。

我会从A一直写到K。

可是，母亲，你为什么笑了？

你不相信我的字会写得像父亲一样好！

可是我会小心地在纸上画线，把所有的字写得又大又漂亮。

我写好以后，你以为我会像爸爸一样傻，把它扔到那可怕的邮差的邮袋里去吗？

我会一刻也不等待，亲自给你送去，一个字一个字地帮你读我写的字。

我知道那邮差不愿意把真正的好信给你。

英　雄

母亲，我们来想象我们在旅行，正穿过一个陌生而危险的国家。

你坐轿子，我骑一匹红马，在你身边一路小跑着。

正是黄昏时分，太阳下山了。约拉地希荒原疲弱而灰暗地横陈在我们前方。大地孤寂而荒凉。

你胆战心惊，在想："不知道我们到了什么地方了。"

我对你说道："母亲，别害怕。"

草地上刺蓬蓬地长着尖嘴利牙的草，一条狭窄而凹凸不平的小路从中穿过。

辽阔的原野上看不见一头牛，它们已经回村子里的牛棚去了。

大地和天空变得一片昏暗，我们说不清自己在往哪儿走。

突然你叫我，悄声问道："河岸附近是什么火光？"

正在这时，爆发出一阵可怕的呐喊，人影幢幢奔我们而来。

你蜷坐在轿子里祈祷着，反复地念着神灵的名字。

轿夫们吓得瑟瑟发抖，躲进了灌木丛中。

我对你喊道："别害怕，母亲。有我在。"

他们手执长棍，头发乱蓬蓬地披在头上，越来越近。

我喊道："小心！你们这些坏蛋！再上前一步你们就死定了。"

他们又发出一阵呐喊，冲上前来。

你抓住我的手不放，说道："孩子，看在老天的分上，离他们远些吧。”

我说：“母亲，看我的吧。”

于是我刺马狂奔，我的剑和盾互相撞击，铿锵作响。

战斗变得那么可怕，母亲，如果你能从轿子里看见，你定会直打冷战。

他们中许多人逃了，大多数被砍成了碎片。

我知道你独自坐在那儿，心想你的孩子这时一定已经死了。

但是我跑到你面前，浑身溅满了血，说道：“母亲，现在战斗已经结束。”

你从轿子里出来，吻着我，把我压在心坎上，自言自语地说：

“如果没有我的孩子护送我，真不知道该怎么办。”

一天天发生着千万件无聊的事，这样一件事为什么就不可能偶然实现呢？

那会像书里面的故事一样。

我哥哥会说：“怎么可能？我总以为他是那么柔弱！”

村子里的人会惊讶地说：“当时那孩子在他母亲身边，不是很幸运吗？”

结　局

是我该走的时候了，母亲，我走了。

寂寥的黎明，你在暗弱的光线中向床上的宝宝伸出双臂，我会说：“宝宝不在！”——母亲，我走了。

我会变成一缕清风爱抚着你；我会在你沐浴时成为水中的涟漪，一遍又一遍地吻你。

风高的夜里，雨点拍打着树叶，你会听见我在你床边的喁语，我的笑声会和闪电一同闪亮，进入你敞开窗户的房间。

如果你无眠地躺在床上，思念你的宝宝直到深夜，我会从群星间向你唱歌："睡吧，母亲，睡吧。"

我会乘着飘荡的月光，悄悄地来到你床上，在你睡着时躺在你胸口。

我会变成一个梦，透过你微启的眼帘，潜入你的睡眠深处；当你醒过来，惊讶地四处张望时，我会像熠熠的萤火虫一样飞出去，没入黑暗之中。

在盛大的普迦节①，当邻居家的孩子到宅子周围来玩耍时，我会溶入笛声里，终日回荡在你心头。

亲爱的姨姨会带了普迦节礼物来，问道："我们的宝宝在哪儿，姐姐？"母亲，你会轻轻地告诉她："他在我的眼瞳里，在我的身体和灵魂里。"

召　唤

她离去的时候夜很黑，他们都睡了。

现在夜也是黑的，我呼唤她："回来吧，我的心肝；世界已经睡了；在星星互相凝望的时候你回来片刻，谁也不会知道的。"

---

① 普迦（puja）为向神膜拜的仪式，在佛教中有佛历6月15日的佛诞节（Visakha Puja，庆祝释迦牟尼出生成道涅槃），佛历8月15日的三宝节（Asalaha Puja，庆祝释迦牟尼顿悟，向5位弟子说法）。此处的普迦节则是指印度教中10月份的"难近母祭日"。

她在树木绽出新芽的早春时节离去。

现在花儿已经盛开，我呼唤道："回来，我的心肝。孩子们采集花朵，又把它们抛撒开来，不管不顾地玩耍着。如果你回来拿一小朵花，谁也不会在意的。"

那些习惯于玩耍的人仍然在玩耍，如此挥霍生命。

听着他们喋喋不休，我呼唤道："回来吧，我的心肝，母亲的心里满溢着爱，如果你回来，只是从她那儿抢一个小小的吻，谁也不会妒忌的。"

第一捧茉莉花

啊，这些茉莉花，这些洁白的茉莉花！

我仿佛记起了那一天，我第一次双手捧满这些茉莉花，这些洁白的茉莉花。

我曾热爱阳光、天空和青翠的大地；

我曾听见河流汩汩的喁语穿过午夜时分的黑暗；

秋日的夕阳曾在孤寂的荒原上，在道路的弧弯处迎着我而来，像新娘揭起面纱迎接她的爱人。

而我的记忆，却依然为了孩提时捧在手里的那第一捧白色的茉莉花而芬芳。

许多快乐的日子曾来到我的生命之中，在节日之夜我曾与嬉戏作乐者一同欢笑。

在灰蒙蒙的雨日之晨我曾低声哼唱过许多悠闲的小曲。

我的脖子上曾经戴过爱人之手用醉花编织的黄昏之花环。

而我的心，却为了孩提时捧在手里的那第一捧白色的茉莉花而芬芳。

榕　树

啊，你站立在池塘边的蓬头榕树，你忘了那个小孩吗——他像那些鸟儿，曾经把巢筑在你枝头，又离开了你？

你是否记得，他怎样坐在窗前，不解地看着你那虬结在一起、深入地下的树根，惊奇不已？

女人们常到池塘边来给水罐汲满水，你那巨大的黑色身影在水面上扭动着，仿佛睡着的人挣扎着要醒来似的。

阳光在涟漪上跳舞，像不停息的小不点梭子，在编织金色的绣帷。

两只鸭子从遮蔽它们倒影的水草边缘游过，那孩子静静地坐在那儿思索。

他渴望变成风，吹过你飒飒的枝桠；变成你的影子，在水面上随着日斜而拉长；变成小鸟，栖息在你最高处的枝头；像那两只鸭子一样，浮游在水草和倒影中间。

祝　福

祝福这小小的心儿，这从我们的尘世赢得天堂之吻的洁白灵魂。

他爱阳光，他爱看着母亲的脸庞。

他没有学会蔑视尘土、渴求黄金。

把他搂在你心里，祝福他吧。

他已经来到这一片一百条歧路交错的土地上。

我不知道他如何从人群中选择了你，来到你门前，紧紧地攥着你的手问他所走的路。

他会跟随着你，有说有笑，心中没有一丝疑虑。

别辜负他的依赖，引导他走正路，祝福他吧。

把你的手放在他的头顶，为他祈祷：虽然下面的波涛渐渐变得险恶，但上面的气息会来鼓满他的风帆，将他飘送到和平的港湾。

别在匆忙中忘了他，让他来到你的心里，祝福他吧。

礼　物

我想送些东西给你，因为我们是在世界的溪流上漂浮。

我们的生命会被分离，我们的爱会被遗忘。

但我并没有愚蠢到那种地步，以为能够用礼物收买你的心。

你的生命正年轻，你的路正长，你将我们带给你的爱一饮而尽，转身离去。

你有你所玩的游戏和你的玩伴。如果你没有时间或者没有心思放在我们身上，又有什么害处呢？

的确，在年老的时光里，我们有足够的闲暇来历数过去的日子，在心里面爱抚我们手中永远失去的一切。

河水唱着歌，冲破所有的阻拦，奔流向前。而山峦却驻留在那儿，回忆着，让他的爱追随她而去。

我的歌

我的这支歌将扬起它的音乐萦绕着你，我的孩子，如同爱之温存的臂弯。

我的这支歌将触摸你的前额，如同祝福之吻。

在你孤独的时候，它会坐在你身旁，对着你的耳朵嗝语；当你处于人群中时，它会围护着你，令你超然。

我的歌将成为你梦的翅膀，将你的心载向未知世界的边际。

当黑夜笼罩你的道路时，它将如同头顶上那颗忠实的星星。

我的歌将憩息在你的眼瞳里，将你的目光引入事物的中心。

当我的声音在死亡中沉寂，我的歌将说话，在你活着的心里。

孩子天使

他们喧嚣和争战，他们怀疑和绝望，他们争辩个没完没了。

我的孩子，让你的生命来到他们中间，如一片光焰，纯洁而不摇曳，使他们感到愉悦而陷入沉静。

他们因贪婪和妒忌而残忍，他们的话语如暗藏的刀刃，渴望饮血。

我的孩子，去，站在他们那些阴沉的心中间，让你温柔的目光落在他们身上，如黄昏那宽仁的和平，在白昼的争斗上降临。

我的孩子，让他们看见你的脸，从而知道万物的真谛；让他们爱你从而互爱。

我的孩子，来，坐在无限的胸怀上。在口落时丌放并抬起你的心，如一朵盛开的鲜花；在日落时垂下你的头，在静默中完成白昼的礼拜。

最后的交易

“来雇用我吧。”早晨我走在石头铺的路上，喊道。

国王握剑在手，乘马车而来。

他握着我的手说：“我用权力来雇用你。”

但他的权力算不上什么，他乘马车而去。

在炎热的正午，一幢幢房屋闭门伫立。

我沿着弯弯曲曲的小巷徘徊。

一个老人带着一袋黄金走出来。

他沉吟了一会儿，说道：“我用金钱来雇用你。”

他一个一个地掂着金币，但我转身离去。

黄昏时分。花园的篱笆上开满了鲜花。

美丽的少女走出来说道：“我用微笑来雇用你。”

她的微笑黯淡下来，融化在泪水里，她独自返回黑暗之中。

太阳在沙滩上闪耀着光芒，海水恣意地泼洒着浪花。

一个孩子在坐着玩贝壳。

他抬起头来，仿佛认识我似的，说道：“我雇用你什么也不用。”

那项在孩子的游戏中做成的交易，从此使我成了一个自由的人。

园丁集（1913）

5

我心绪不宁。我渴望遥远的事物。

我灵魂出窍，渴望触摸幽暗的远方的边缘。

啊，伟大的彼岸，啊，你的长笛的热切呼唤！

我忘了，我总是忘了我没有飞翔的翅膀，忘了我始终被羁绊在这个地方。

我急切而清醒，我是异国土地上的异乡人。

你的气息来到这里，向我喁语着那个不可能的希望。

我的心懂你的语言，如同自己的语言一样。

啊，遥远的寻求，啊，你的长笛的热切呼唤！

我忘了，我总是忘了我不认识路，忘了我没有飞马骧骧。

我无精打采，我是自己心中的流浪者。

倦怠的时辰的日霭之中，在天空的蔚蓝上，显现出你何等广袤的幻象！

啊，最遥远的终极，啊，你的长笛的热切呼唤！

我忘了，我总是忘了，我独居的这所房子，每一道大门都已闭上！

6

驯养的鸟儿在笼中，自由的鸟儿在森林里。

时间到了它们便相会，这是命运的旨意。

自由的鸟儿叫道："啊，我的爱人，我们飞到林中去吧。"

笼中的鸟儿喁语道："到这儿来，我们俩都住在笼中。"

自由的鸟儿说："栅栏中间哪里有展翅的余地？"

"唉，"笼中的鸟儿哭道，"我不知道在天空中去哪儿栖息。"

自由的鸟儿叫道："我的心肝，唱林地之歌吧。"

笼中的鸟儿说："坐在我身边，我教你学者的言谈。"

森林里的鸟叫道："不，啊不！歌是永远无法教授的。"

笼中的鸟儿说："唉，我呀，我不懂林地之歌。"

它们的爱因渴望而热烈，但它们永远无法比翼齐飞。

它们透过笼子的栅栏相望，它们空怀一腔相知的意愿。

自由的鸟儿叫道："不行，我害怕笼子紧闭的门。"

笼中的鸟儿喁语道："唉，我的翅膀无力，而且已经死去。"

8

床头的灯熄了，我与早起的鸟儿一同醒来。

我坐在敞开的窗前，披散的头发上戴着鲜花的花环。

玫瑰色的晨雾中，年轻的旅人沿大路而来。

珍珠项链挂在他的脖子上，阳光落在他的花冠上。他在我门前停下，急切地大声问我："她在哪里？"

我非常害羞，话儿说不出口："她就是我，年轻的旅人，她就是我。"

已是黄昏时分，还没有点灯。

我无精打采地编着头发。

落日的余晖中，年轻的旅人乘战车而来。

他的马儿嘴边冒着白沫，他的外套上蒙着灰尘。

他在我门前下了车，声音疲倦地问我："她在哪里？"

我非常害羞，话儿说不出口："她就是我，疲惫的旅人，她就是我。"

一个四月的夜晚。灯在我房间里亮着。

微微的南风轻轻吹来。爱聒噪的鹦鹉在笼中睡着。

我的胸衣红似孔雀的颈羽，我的披风绿如鲜嫩的碧草。

我坐在窗前的地板上，守望着没有人迹的街道。

对着黑沉沉的夜，我喃喃地说个不停："她就是我，失望的旅人，她就是我。"

12

如果你愿意忙碌一会儿，拿水罐去汲水，来，啊，到我的湖边来吧。

湖水将缠绕着你的双脚，潺潺地诉说它的秘密。

迫近的雨的影子投在沙滩上，烟云低垂在树木勾勒出的蓝线上，像你眉上的浓发。

我熟悉你步履的韵律，它们在我心中搏动。

来啊，到我的湖边来，如果你一定要拿水罐去汲水。

如果你愿意闲散一会儿，倦怠地坐着，听任你的水罐浮在水上，来，啊，到我的湖边来吧。

草坡青翠，野花无数。

你的思绪将如出巢的鸟儿，从你黑色的眼睛里四散飞出。

你的面纱将掉落在你脚上。

来啊，到我的湖边来，如果你一定要闲散地坐一坐。

如果你愿意撇下游戏去潜水，来，啊，到我的湖边来吧。

让你的蓝色披风躺在岸上；蓝色的水将把你浸没，把你掩藏。

波浪将踮起脚尖站着，吻你的颈，对着你的耳朵喁语。
来啊，到我的湖边来，如果你一定要潜水。
如果你一定要发疯，想猝然死去，来，啊，到我的湖边来吧。
湖水很凉，深不可测。
它黑沉沉一片，如同无梦的睡眠。
湖水深处昼夜没有分别，歌声就是静寂。
来啊，到我的湖边来，如果你愿意猝然赴死。

13

我一无所求，只站在林子边缘的树后。
倦意仍逗留在黎明的眼睛上，露水飘浮在空气里。
湿草懒洋洋的气息悬在大地上空的薄雾中。
榕树下你在给母牛挤奶，你的手像黄油一样鲜嫩。
我静静地伫立着。
我一言未发。那是鸟儿躲在灌木丛中歌唱。
芒果树把花儿撒落在村中小径上，蜜蜂一只只嗡嗡地飞来。
池塘边湿婆神庙的门开了，拜神者开始吟诵。
你把罐子搁在腿上，在给母牛挤奶。
我手拿空罐伫立着。
我没有走近你。
天空和庙里的铜锣声一同醒来。
牛儿被驱赶着从路上走过，蹄下尘土扬起。
汩汩响的水罐靠在臀上，女人们从河边过来了。
你的手镯叮当作响，泡沫溢出了罐沿。
晨光消逝，我没有走近你。

14

我沿路信步走去，也不知为了什么；正午已过，竹枝在风中沙沙地响。

斜影伸长手臂，紧拽着光之匆匆的脚步。

噪鹊[1]已经唱倦了它们的歌。

我沿路信步走去，也不知为了什么。

水边棚屋掩映在垂挂的枝条下。

有人在忙她的活计，她的手镯在角落里奏乐。

我站在这棚屋前，也不知为了什么。

蜿蜒的小路穿过许多芥菜地，许多芒果林。

它经过村庙和渡口边的集市。

我站在这棚屋前，也不知为了什么。

几年前，三月里一个微风拂面的日子，春之呢喃声懒洋洋的，芒果花落着，落在尘土里。

河水潺潺，水花跳起来舔渡口台阶上立着的铜瓶。

我想到三月里那一个微风拂面的日子，也不知为了什么。

阴影渐深，牲畜归栏。

寂寞的草地上日光灰白，村民们在岸边等待渡船。

我一步一步缓缓地往回走，也不知为了什么。

15

我像麝一样在森林之荫中奔跑，为自己的芳香而发狂。

① 噪鹊，产于印度、澳洲、新几内亚的一种鸟。

夜是五月中旬之夜，风是南来的微风。

我迷了路，我浪荡着，我追寻着我得不到的，我得到我不追寻的。

我的心愿的映像从我心中出来，跳着舞。

这熠熠生辉的幻象飞掠着。

我想牢牢地抓住它，它却躲着我，将我引入迷途。

我追寻着我得不到的，我得到我不追寻的。

22

当她步履轻快地从我身边走过时，她的裙边触到了我。

从一颗心的无名小岛上蓦然送来一阵春天的温暖气息。

掠飞的翅翼扇动的风拂过我，刹那间又无影无踪，像微风中翻飞的一片扯落的花瓣。

它落在我心头，像她的身躯所发出的叹息，像她的心所发出的喁语。

26

“你愿意给些什么我都拿着。我不多乞求。”

“是啊，是啊，我了解你，谦卑的乞丐，你想要一个人所有的一切。”

“给我一朵零散的花，我也会戴在心上。”

“如果有刺呢？”

“我就忍着。”

“是啊，是啊，我了解你，谦卑的乞丐，你想要一个人所有的一切。”

“只要你抬起双目、爱怜地看一眼我的脸，就会使我的生命甜美，超越死亡。”

“如果眼中只有残忍的目光呢？”

“我会一直用它们刺穿我的心。”

“是啊，是啊，我了解你，谦卑的乞丐，你想要一个人所有的一切。”

27

“相信爱，即使它带来忧伤。别关闭你的心扉。”

“哦不，我的朋友，你的话很隐晦，我不明白。”

“心就是用来坦然相赠的，加上一滴泪，一支歌，我的爱人。”

“哦不，我的朋友，你的话很隐晦，我不明白。”

“喜悦像露珠一样脆弱，欢笑时就死去了。忧伤却强健而持久。让忧伤的爱在你眼中醒来吧。”

“哦不，我的朋友，你的话很隐晦，我不明白。”

“莲花在太阳的注视下开放，失去了它所有的一切。在永恒的冬日之雾里，它将不再含苞。”

“哦不，我的朋友，你的话很隐晦，我不明白。”

30

你是飘浮在我的梦之天空上的那一朵晚云。

我一直用我的爱之渴望来描绘你，塑造你。

你是我自己的，我自己的，我的无穷梦境中的居住者！

你的双足被我的心愿之光映成了玫瑰红，我的日暮之歌的拾穗人！

你的双唇沾了我的痛苦之酒而甜中带苦。

你是我自己的，我自己的，我的无穷梦境中的居住者！

我用激情的影子染黑你的眼睛，我的凝望之深处的常在者！

我用我的音乐之网捉住了你，缠住了你，我的爱人。

你是我自己的，我自己的，我的无穷梦境中的居住者！

31

我的心，这荒野之鸟，在你的眼睛里找到了天空。

它是晨的摇篮，它是星辰的王国。

我的歌消失在它的深处。

我只愿飞上那天空，在它孤寂的浩瀚里翱翔。

我只愿穿过它的云层，在它的阳光里展翅。

37

“你愿意将鲜花编成的花环戴在我脖子上吗，美人？”

“你要知道，我编这一只花环是为了众人，为了那些偶然瞥见的人，为了在未探明的国度中居住的人，为了在诗人的歌中生活的人。

“现在请求我的心回报你的心已经迟了。

“曾经一度，我的生命如一颗蓓蕾，它所有的芬芳都储藏在苞核里。

“现在已经四散开来，流散到了远方。

“有谁懂得魔法，能将那芬芳重新聚拢和封藏起来？

“我的心不由我自作主张只给一个人，它是给予众人的。”

41

我渴望说出我必须对你说的最深沉的话语；但是我不敢，我怕你会笑。

因此我嘲笑自己，用玩笑将我的秘密粉碎。

我把我的痛苦说得轻飘，因为怕你会那样做。

我渴望说出我必须对你说的最真诚的话语；但是我不敢，我怕你会不信。

因此我用假话来掩饰，心里想东嘴上说西。

我让我的痛苦显得可笑，因为怕你会那样做。

我渴望用上我为你准备的最珍贵的话语；但是我不敢，我怕得不到相仿的回报。

因此我用难堪的话来形容你，夸耀我的硬气。

我伤害你，因为怕你永远不知道痛苦的滋味。

我渴望静静地坐在你身旁；但是我不敢，我怕我的心跳到嘴边。

因此我轻松地东拉西扯，把我的心藏在话语后面。

我粗暴地对待我的痛苦，因为怕你会那样做。

我渴望从你身边走开；但是我不敢，我怕我的怯懦会被你察觉。

因此我高高地昂起头，大大咧咧地来到你面前。

你的目光不断地扎着我，使我的痛苦永远新鲜。

46

你抛下我，走你的路去了。

我想我该为你而忧伤，用金色的歌铸就你孤单的形象，安放在我心里。

可是，我的厄运啊，时间是短暂的。

青春一年一年销蚀，春日无常易变，娇弱的花儿无端消殒，智者告诫我生命只是荷叶上的一滴露珠。

难道我该无视这一切，去凝望一个背弃我的人的背影？

那很鲁莽，而且愚蠢，因为时间是短暂的。

那么来吧，我的雨夜，迈着轻快的脚步；微笑吧，我的金秋；来吧，无忧无虑的四月，四处抛撒你的吻。

你来吧，还有你，你也来！

我的爱人，你们知道我们都是凡人。为一个负心的人而心碎明智吗？因为时间是短暂的。

坐在角落里沉思着，用韵文写下你们是我的整个世界，那是甜美的。

紧抱着自己的忧伤，决意不要人安慰，那是英勇的。

但一张新面孔在我门外窥望，抬起眼睛看着我的眼睛。

我只能擦去泪水，改变我歌的曲调。

因为时间是短暂的。

47

倘若你不愿意这样，我便停止歌唱。

倘若我的目光令你心旌摇荡，我便把它从你脸上移开。

倘若我惊扰了你散步，我便走到一旁，另走一条路。

倘若我搅乱了你编织花环，我便避开你寂寞的花园。

倘若我激得水花四溅，我便不在你岸边划我的小船。

52

灯火为什么熄了？

我怕风把它吹灭，用斗篷遮住它，所以灯熄了。

花儿为什么谢了？

我爱它心切，把它压在心上，所以花儿谢了。

水流为什么干了？

我要用它，筑起水坝拦住它，所以水流干了。

琴弦为什么断了？

我硬要弹一个它力所不及的音符，所以琴弦断了。

53

你为什么用令我羞愧的眼神看我？

我不是来求乞的。

我站在你家院子的尽头，在花园的篱笆外面，只是为了打发一个钟点。

你为什么用令我羞愧的眼神看我？

我没有从你的花园里采一朵玫瑰，摘一个果子。

我谦恭地在路边树荫下避一避，在任何陌生旅人都可以站一站的地方。

我没有采一朵玫瑰。

是啊，我的脚乏了，又下了一阵雨。

风在摇曳的竹枝间呼叫。

云仿佛溃逃似的从空中跑过。

我的脚乏了。

我不知道你如何看待我，不知道你在门前等谁。

闪电的光焰令你守望的眼睛目眩。

我如何知道你看得见我在黑暗中站着？

我不知道你怎样思忖我。

白昼已尽，雨停了片刻。

我离开你家院子尽头的树荫，离开这草地上的位置。

天黑下来了；关上你的门吧；我走我的路。

白昼已尽。

55

你离去时是正午时分。

一轮艳阳悬在空中。

你离去时我已经做完事，独坐在阳台上。

阵风时断时续地吹来，扬起许多远方田野的气息。

鸽子不知疲倦地在荫凉处咕咕地唤，一只蜜蜂迷途在我的房间里，嗡嗡地说着许多远方田野的消息。

村庄熟睡在正午的炎热里。大路横陈不见人迹。

树叶的沙沙声一阵阵时起时落。

我凝望天空，在蔚蓝中编织我认识的一个人的名字，而村庄熟睡在正午的炎热里。

我忘了编我的头发。微风无精打采地在我脸颊上同它嬉戏。

河水在多荫的河岸下波浪不兴地流。

懒洋洋的白云一动不动。

我忘了编我的头发。

你离去时是正午时分。

路上尘土灼热，田野在喘息。

鸽子在浓密的树叶间咕咕地唤。

你离去时我独坐在阳台上。

61

安静，我的心，让离别的时光甜美。

让它成为圆满而不是死亡。

让爱融为记忆，让痛苦化为歌曲。

让穿越天空的飞翔终结于鸟巢上收敛的翅膀。

让你的手的最后触摸温柔如夜间的花朵。

哦，美丽的终结啊，静静地站立片刻，默默地说出你最后的话。

我向你鞠躬，举起我的灯来照亮你的路途。

62

在梦中一条朦胧的小径上，我去寻觅前生属于我的爱。

她的宅子伫立在冷冷清清的街道一端。

晚风中，她的宠物孔雀昏昏欲睡地栖息在栖木上，鸽子们默默地待在它们的一隅。

她在门口放下灯，站在我面前。

她抬起大眼睛看着我的脸，无声地问："你好吗，我的朋友？"

我想回答，但是我们已经失语忘言。

我想了又想；我想不起我们的名字。

泪光在她眼睛里闪烁。她向我伸出右手。我握着它，默默地站着。

我们的灯在晚风中闪摇着，灭了。

63

旅人，你一定要走吗？

夜静默岑寂，黑暗在森林上酣睡。

灯明亮地照着我们的阳台，花儿全都新鲜，青春的眼睛依然醒着。

到你离去的时间了？

旅人，你一定要走吗？

我们没有用恳求的手臂缠绕住你的脚。

门给你开着。你的马备好了鞍，站在大门口。

如果说我们曾想拦住你的去路，那只是用我们的歌。

如果说我们要挽留你，那只是用我们的目光。

旅人，我们没有希望留住你。我们只有眼泪。

在你眼睛里闪光的，是什么样的不熄之火？

在你血液中奔流的，是什么样的不息之热？

是什么召唤在黑暗中催促你？

从天上的群星间你读到的是什么可怕的咒语，令黑夜带着一道密封的秘密消息进入你心中，沉默而奇异？

倘若你不喜欢快乐的聚会，倘若你必须要安静，疲惫的心啊，我们会熄了灯，让琴声静下来。

我们会在树叶的沙沙声里，静静地坐在黑暗中，疲倦的月亮会把淡淡的月光洒在你的窗上。

啊，旅人，是什么不眠的精灵从子夜之心中触着你？

67

尽管夜晚缓步走来，发出了停止一切歌声的信号；

尽管你的伙伴们都已去休息，你也很疲乏；

尽管恐惧在黑暗中孵生，天空用面纱遮住了脸庞；

可是鸟儿啊，我的鸟儿，听我说，不要收敛起你的翅膀。

那不是森林里的幽暗叶影，那是大海像深黑的蛇一样在膨胀。

那不是盛开的茉莉在跳舞，那是泡沫在闪光。

啊，哪儿是阳光明媚的青翠海岸，哪儿是你的巢？

鸟儿啊，我的鸟儿，听我说，不要收敛起你的翅膀。

孤独的夜沿着你的路躺下，黎明沉睡在阴影中的山峦后方。

群星屏住呼吸计算着时辰，柔弱的月亮在深邃的夜中浮泛。

鸟儿啊，我的鸟儿，听我说，不要收敛起你的翅膀。

对于你，没有希望，没有恐惧。

没有消息，没有叫喊，没有喁语。

没有家，没有歇息的床。

只有你自己的一双翅膀和无路的天空。

鸟儿啊，我的鸟儿，听我说，不要收敛起你的翅膀。

71

白昼未尽，集市尚未结束，河岸上的集市。

我曾经害怕浪费了时间，丢失了最后一文钱。

但是没有，我的兄弟，我仍有些剩余。命运并未把我骗得一干二净。

买卖已经结束。

双方钱物两讫，各自收好，到我回家的时候了。

但是，看门人，你要你的出门费？

别害怕，我仍有些剩余。命运并未把我骗得一干二净。

风的暂时停歇预示着风暴，西方低垂的云也说明事情不妙。

安静下来的河水等待着风。

在夜色赶上之前，我匆匆过河。

呵，船夫，你要摆渡费！

是啊，兄弟，我仍有些剩余。命运并未把我骗得一干二净。

路边树下坐着那乞丐。唉，他怀着怯怯的希望看着我的脸！

他以为我一天下来收益不少，有的是钱。

是啊，兄弟，我仍有些剩余。命运并未把我骗得一干二净。

夜色渐深，路途寂寞。萤火虫在树叶间闪烁着微光。

你是谁，鬼鬼祟祟地悄悄跟着我？

啊，我知道，你打的主意是抢走我一切所得。我不会让你失望！

因为我仍有些剩余。命运并未把我骗得一干二净。

午夜时分我到了家，两手空空。

你目光焦虑地在门口等我，无眠亦无声。

你像胆怯的小鸟一样，爱意殷切地飞到我胸前。

嗳，嗳，我的神，我仍有许多剩余。命运并未把我骗得一干二净。

74

在世界的觐见厅里，朴素的草叶与阳光，与子夜的星辰坐在同一块毡席上。

在世界之心中，我的歌也这样与云彩和森林的音乐平分席位。

但是，你这富人，在太阳那明媚的金光和沉思的月亮那柔美的光芒里——在那些纯朴的华彩里，你的财富没有一席之地。

包容一切的天空的祝福，没有洒在它上面。

而死亡一露面，它便失色枯朽，碎作尘土。

76

庙前集市在继续着。大清早就下起了雨，一天已经要结束了。

比人群的所有快乐更灿烂的，是一个小姑娘的灿烂笑容，她花一文钱买了个棕榈叶哨子。

哨子的尖锐快乐的声音，飘浮在一切笑语喧声之上。

无尽的人流涌来，汇聚在一起。道路泥泞，河水泛滥，田野淹没在水中，雨下个不停。

比人群的所有烦恼更恼人的，是一个小男孩的烦恼——他没有一文钱买彩色棒。

他那盯着小店的渴求的眼神，使人们的这整个集会变得那么令人悲悯。

84

绿黄相间的稻田上空掠过秋天的云影，后面跟着疾疾追赶的太阳。

蜜蜂忘了啜蜜，它们喝醉了阳光，傻乎乎地旋飞着，嗡嗡地叫。

河心小岛上鸭子快乐地喧闹着，什么缘故也没有。

别让任何人回家去，兄弟们，今天早晨，别让任何人去干活。

让我们以风暴占领蓝天，奔跑着抢夺空间。

笑声飘浮在空气上，像洪水上的泡沫。

兄弟们，让我们把早晨浪费在无用的歌曲上吧。

85

你是谁，一百年后读着我的诗歌的读者?

我无法从这春天的富丽里送你一朵花，从那边的云彩里送你一道金。

打开你的门，放眼四望吧。

从你鲜花盛开的花园里，采集一百年前消失的花朵的芬芳记忆。

在你的心之欢乐里，愿你感到那活的欢乐，它歌唱着一个春日之晨，穿越一百年传送着它快乐的声音。

飞鸟集（1916）

1

夏日的离群之鸟来到我窗前唱歌，又飞去了。

秋日的枯叶没有歌可唱，叹息一声，飘落在那里。

2

世界之小小漂泊者的旅队啊，把你们的足迹留在我的话语里。

3

世界向着它的爱人揭开了浩瀚的面具。

它变得小如一首歌，如永恒的一个吻。

4

正是大地的泪滴，使她的笑颜之花常开。

5

大漠为爱上一小片绿叶而燃烧，她摇摇头，笑着飞走了。

6

如果错过太阳时你流泪，你也会错过群星。

7

你途中的沙乞求你的歌和你的流动，跳舞的水呀。你会背负跛足的沙而下吗？

8

她那忧思的面容萦绕着我的梦，如同夜间的雨。

9

我们曾梦见我们是陌生人。
醒来时发现我们相亲相爱。

10

忧愁在我的心里平息下去，如静寂的树林中的暮色。

11

有一些看不见的手指，像悠悠的微风，正在我心头弹奏着涟漪的乐音。

12

“你说的是什么语言，啊，大海？”

“是永恒的疑问之语言。”

“你用什么语言来回答，啊，天空？”

“是永恒的寂静之语言。”

13

聆听吧，我的心，世界正向你喁语，这是它在向你示爱。

14

创造的神秘正如夜之黑暗——是伟大的。知识的虚幻则如同早晨之雾。

15

不要因为峭壁是高的，便让你的爱坐在峭壁上。

16

今晨我坐在窗前，世界像个过客似的停留了片刻，向我点点头，便去了。

17

这些小小的思绪是树叶的沙沙声；它们在我的头脑里快乐地兀自喁语。

18

你看不见你自身，你看见的是你的影子。

19

我的那些愿望是傻瓜，它们大呼小叫地搅扰你的歌声，我的主。

让我只是聆听吧。

20

我无法选择最好的。

最好的选择我。

21

那些把灯笼背在背上的人，把他们的影子投在前面。

22

我存在着，这便是一个永恒的惊喜，是人生。

23

“我们，沙沙的落叶，有声音来回应风暴，但你是谁，竟如此沉默？”

“我不过是一朵花。”

24

休息属于工作，正如眼睑属于眼睛。

25

人是一个天生的孩子，他的力量是成长的力量。

26

神期望我们回报他，是为了他送给我们的花朵，而不是天空和大地。

27

光线如同赤裸的孩子，在绿叶中间嬉戏，不知道人会说谎。

28

美啊，在爱中发现你自己吧，不要在镜子的谄媚之中寻觅。

29

我的心将她的波涛冲击着世界的海岸，用泪水在上面签名留言："我爱你。"

30

"月亮，你在等待什么？"

"向我必将给他让路的太阳致意。"

31

这些树来到我窗前，仿佛喑哑的大地所发出的渴望的声音。

32

神的每一个早晨，对他自己来说也都是新的惊奇。

33

生命从世界的需求中发现它的财富，从爱的需求中发现它的价值。

34

干涸的河床不觉得过去值得感激。

35

鸟希望自己是一片云，云希望自己是一只鸟。

36

瀑布唱道：“当我找到自由的时候，我找到了我的歌。”

37

我说不出这颗心为什么默默地受着折磨。
是为了它未曾提出，不知不晓，或记不得的小小需求。

38

女人，当你忙碌着料理家务的时候，你的手脚就像山间的流水，在卵石中间歌唱着。

39

太阳越过西方的大海，给东方留下它最后的敬意。

40

不要因为你没有胃口而怪罪食物。

41

这些树犹如大地的渴望，踮起脚尖窥望着天空。

42

你微笑着，对我不发一言，我却觉得自己为此已经等待了很久。

43

水里的鱼静默着，地上的动物喧嚣着，空中的鸟儿唱着歌。

44

世界在踌躇之心的琴弦上奔跑着，奏出忧伤的音乐。

45

他把他的武器奉为神明。当他的武器胜利时他自己却失败了。

46

神在创造中发现他自己。

47

阴影蒙上她的面纱，迈着无声的爱的脚步，秘密而温顺地跟在光的身后。

48

星星不怕显得像萤火虫一样。

49

感谢神，我不是权力的一只轮子，而是被它碾压的众生之一。

50

尖锐却不宽博的思想，执着于每一个点却不动。

51

你的偶像碎落在尘土之中，证明神的尘土比你的偶像伟大。

52

人并非在历史中表现自己，而是在历史中挣扎着露出峥嵘。

53

玻璃灯因为瓦灯叫她表姐而责备她；月亮升起来了，玻璃灯一脸的媚笑，叫她："我亲爱的，亲爱的姐姐。"

54

像海鸥和波浪相遇一样，我们相逢并走近了。海鸥飞走，波浪翻滚着远去，我们也分离了。

55

我的白昼已经过去，我像搁在海滩上的一只小船，倾听着黄昏时分海潮跳舞的乐音。

56

我们的生命是天赋的，我们通过付出生命而获得生命。

57

我们谦卑之至的时候，便是我们最接近伟大之时。

58

麻雀为孔雀难过，怜悯它拖着沉重的尾巴。

59

决不要惧怕瞬间——永恒的声音这样唱道。

60

飓风寻求最短的捷径以无路，又突然终止其寻求于乌有。

61

在我的杯中饮我的酒吧，朋友。
一倒进别人的杯里，它的酒花之环便会消失。

62

为了对不完美的爱，完美用美来装饰自己。

63

神对人说："我治愈你所以伤害你，爱你所以惩罚你。"

64

感谢火焰的光明，但是别忘记灯台正以一贯的坚忍挺立在黑影里。

65

小草哦，你步履虽小，却拥有你脚下的大地。

66

初生的花儿绽开它的蓓蕾，叫道："亲爱的世界，请不要凋谢。"

67

神对伟大的王国会生出厌倦，对小小的花朵却永远不会。

68

错误不能经受失败，真理却能。

69

“我快快乐乐地奉献出我所有的水，”瀑布唱道，“虽然对于干渴者一点点水就够了。”

70

那在无休止的狂欢喷涌中抛起这些花儿的源泉，它在哪里？

71

樵夫的斧头向树乞讨斧柄。

树给了它。

72

这丧失了伴侣的黄昏，戴着雾和雨的面纱，我在心的孤寂里，感觉到她的叹息。

73

贞洁是从丰富的爱中产生的财富。

74

雾像爱一样，在山峦的心头嬉戏，生出美的奇景。

75

我们把世界看错了，反说它欺骗我们。

76

诗人的风出去了，正越过大海和森林，追寻他自己的声音。

77

每一个孩子来到人世时都带来了讯息，说神对人还没有失望。

78

草儿寻求她地上的热闹。
树木寻求他空中的孤寂。

79

人挡住自己的去路。

80

我的朋友，你的声音游荡在我心间，如同大海那低沉的喧响徘徊在这静听着的松林里。

81

这看不见的黑暗之焰，它的火花是群星，它自己是什么?

82

让生命绚丽如夏花，让死亡静美如秋叶。

83

想行善的人叩开大门；爱人的人发现门敞开着。

84

死，则多变成一；生，则一化为多。

神死去的时候，宗教将合而为一。

85

艺术家是大自然的情人，因而他是她的奴隶，也是她的主人。

86

“你离我多远啊，果实？”

“我在你心里呀，花朵。”

87

这渴望，是为了那个在黑暗中感觉得到、在白昼却看不见的人。

88

“你是荷叶下面的大露珠，我是它上面的小露珠。”露珠对湖水说。

89

剑鞘保护剑的利，而它自己则满足于它的钝。

90

在黑暗中“一”呈现为单一；在光亮中“一”呈现为繁多。

91

借助于小草，大地成为殷勤好客的主人。

92

绿叶的新生和死亡是漩涡的疾速飞旋，它的外延在群星中间缓缓运转着。

93

权力对世界说道：“你是我的。”
世界把权力囚禁在她的宝座上。

爱对世界说：“我是你的。”
世界让爱在她的寓所里自由来往。

94

雾如同大地的欲望。这欲望遮住了她所哭求的太阳。

95

安静，我的心，这些大树在祈祷。

96

瞬间之喧嚣在嘲笑永恒之音乐。

97

想到飘浮在生与爱与死之川流上的别的时代，想到它们之被遗忘，我感到了逝去的自由。

98

我的灵魂之忧伤是她新娘的面纱。
它等待着在夜间被掀起。

99

死之印记给生之钱币以价值，使它能以生命买下真正的珍宝。

100

云谦卑地站在天空的一隅。

晨以光华给它加冕。

101

尘土遭受侮辱，却献出花朵作为回报。

102

不要留连着采集花朵，向前走吧，因为你一路上花儿会接连开放。

103

根是地下的枝。
枝是空中的根。

104

遥远的夏天的音乐围绕秋日拍动着翅膀，寻觅它的旧巢。

105

不要从你自己的口袋里拿功绩借给朋友，那是侮辱他。

106

无名的日子里的感触缠绕在我心头，如同苔藓缠绕着老树。

107

回声嘲笑她的原声，以证明她自己是原声。

108

当发达的人夸耀神对他特别恩宠时，神感到羞愧。

109

我把自己的影子投在路上，因为我有一盏尚未点亮的灯。

110

人走进喧嚣的人群中，去淹没他自己那沉默的呼号。

111

在耗尽之后终结的是死亡，而完美却终结于无尽。

112

太阳披着他那素朴的光的衣袍，云彩却穿戴得如花似锦。

113

山峦如同孩子们的呐喊，举起手臂要摘取星星。

114

路虽然拥挤，却是寂寞的，因为没有人爱它。

115

权力夸耀它造成的祸害，凋落的黄叶和过往的云彩都笑它。

116

今天大地在阳光下对我哼唱，像一个正在纺纱的女人，用一种被遗忘的语言，唱着古时候的歌谣。

117

草叶无愧于它所生长的伟大世界。

118

梦是一个一定要谈话的妻子。

睡眠是一个默默忍受的丈夫。

119

夜吻着正在消逝的白昼，对他耳语道："我是死亡，是你的母亲。我要给你新生。"

120

黑夜啊，我感觉到你的美就像被爱的女人，在她熄了灯以后。

121

那些修饰已经衰败的世界的东西，我带到我自己的世界里来了。

122

亲爱的朋友，有许多次，在这一片海滩上的愈渐深沉的暮色里，当我倾听海涛时，我感觉到了你的伟大思想的沉默。

123

鸟以为把鱼提到空中是一种慈善的举动。

124

“你通过月亮把情书给了我，”夜对太阳说：

“我已经用泪滴把答复留在小草上了。”

125

伟人是一个天生的孩子；他死去时把他的伟大童年留给了世界。

126

不是锤子的敲击，而是水的舞蹈，以歌声使卵石臻于完美。

127

蜜蜂从花中啜取花蜜，离开时营营地道谢。

浮华的蝴蝶却笃定地以为，花儿该谢谢他。

128

当你不待要说出完全的真理时，直言无隐是很容易的。

129

可能问不可能道：“你住在什么地方？”

答曰：“在无能者的梦里。”

130

如果你冲着所有的错误关上门，真理也将被关在门外。

131

我听见有东西在我心灵的忧伤后面飒飒作响——我看不见它们。

132

闲暇若活动起来，便是工作。

大海的寂静激荡起来，便成了波涛。

133

叶子恋爱时便成了花。

花崇拜时便成了果实。

134

地下的根使枝头果实累累，却不要求回报。

135

这落雨的黄昏风不止息。

我望着摇曳的树枝，沉思着万物的伟大。

136

午夜的暴风雨，像一个巨大的孩子，在不合时宜的黑暗中醒来，开始玩耍和呼叫。

137

你徒然掀起波涛追随你的情人。海啊，你这暴风雨的孤寂的新娘。

138

“我为我的空虚感到羞愧。”言辞对作品说。

“看到你，我明白了自己多么贫乏。”作品对言辞说。

139

时间是变化之财富，时钟亦步亦趋，却只产生变化而不产生财富。

140

真理穿着衣服觉得事实太紧了。

在想象中，她活动自如。

141

当我四处旅行时，我对你厌倦了，路啊；但现在当你引领我去各处时，我爱上你而同你结合了。

142

让我设想，在那些星星之中，有一颗引领我的生命穿过未知的黑暗。

143

女人，你用优雅的手指触着我的物品，秩序便像音乐一样产生了。

144

一个忧伤的声音筑巢于岁月的废墟之中。

它在夜间对我唱道："我曾经爱过你。"

145

燃烧的火以它自己的光焰警告我不要靠近。

把我从隐藏在灰中的余烬里救出来吧。

146

我有我的群星在天上。

可是啊，我屋中那盏未点亮的小小的灯令我神往。

147

死去的言辞的灰尘沾染着你。

用沉默洗净你的灵魂吧。

148

生命中留着罅隙，从中传来死亡之哀乐。

149

世界在早晨敞开了它的光之心。
出来吧，我的心，带着你的爱与它相会。

150

我的思想随着这些闪亮的叶子而闪烁，我的心随着这阳光的触摸而歌唱，我的生命快乐地随着万物飘入天空之蓝，飘入时间之暗。

151

神的伟大权力在柔和的微风里，而不在暴风雨之中。

152

这是一个万物零落且压抑人的梦。醒来时我会发现它们聚拢在你身上，而我也得到了自由。

153

“有谁来接替我的职责？”落日问。

“我将尽我所能，我的主人。”瓦灯答道。

154

采摘花瓣时，你并不能采集到她的美。

155

静默将承载你的声音，如同承纳着鸟儿的鸟巢。

156

伟大不惧与渺小同行。
居中者疏而远之。

157

夜秘密地把花儿开了，却让白昼去领受谢忱。

158

权力将牺牲者的痛苦挣扎视为忘恩负义。

159

当我们以充实为乐时，我们便能愉快地与果实分手。

160

雨点吻着大地，喁语道：“我们是你思家的孩子，母亲，从天上回到你身边来了。”

161

蜘蛛假装要捉露珠，却捉住了苍蝇。

162

爱！当你手持燃烧着的痛苦之灯来到时，我能看到你的脸，并且认出你是极乐。

163

“博学者说你们的光总有一天会消失。”萤火虫对群星说。

群星默而不答。

164

在黄昏的薄暮里，某一个日子的黎明之鸟来到我的静默之巢中。

165

思想掠过我的脑海，如群雁飞过天空。
我听见它们的振翅之声。

166

河床总爱这样想：河流之存在只是为了给我供水。

167

世界以它的痛苦吻了我的灵魂，要求它以歌声来回报。

168

压迫着我的，是那想出到空旷中去的我的灵魂，还是那叩着我的心、要进到里面来的世界之灵魂？

169

思想以它自己的言语喂养自己而成长。

170

我已将我的心之器皿浸入这沉默的时刻之中；它盛满了爱。

171

你要么有事做，要么没有。

当你不得不说“我们来做点事”时，便要坏事了。

172

向日葵羞于有无名之花做她的亲戚。

太阳升起来，对她微笑着，说道：“你好吗，我的宝贝？”

173

“谁像命运般地在推着我前行？”

“是我自己，在背后大踏步走着。”

174

云给河之水杯装满水，自己却躲在远山之中。

175

一路上水不断地从我的水罐里泼洒出来。

几乎剩不下什么水给我带回家去。

176

器皿里的水是亮闪闪的；大海里的水是暗的。

小真理拥有言辞，是清晰的；大真理拥有的却是大沉默。

177

你的微笑是你自己田野上的花朵，你的言谈是你自己山林里的飒飒的松涛，但你的心却是我们都认识的那个女人。

178

我给我挚爱的人们留下的是些小东西——大的我留给了众人。

179

女人，你以你的泪之海包围着世界的心，如海水包围着大地。

180

阳光以微笑问候我。

雨水，他的妹妹，同我的心谈话。

181

我的白昼之花凋落了它被遗忘的花瓣。

黄昏时分，它成熟为记忆的金色果实。

182

我如同夜间的道路，在寂静中聆听记忆中的足音。

183

黄昏的天空之于我如同一扇窗，一盏点亮的灯，灯后的一个等待。

184

太过忙碌于做善事的人，发现没有时间做善人。

185

我是秋天的云，空空地没有雨，但在成熟的稻田里，我看到了我的充实。

186

他们仇恨并且杀戮，人们赞美他们。

但是神在羞愧中，匆匆地将记忆藏在了绿草之中。

187

脚趾是遗弃了其过去的手指。

188

黑暗在走向光明的途中，但盲者在走向死亡的途中。

189

供人玩赏的狗怀疑宇宙阴谋篡夺它的位置。

190

静静地坐着，我的心，不要扬起你的尘土。

让世界自己寻找通向你的道路。

191

弓在箭离弦之前对它喁语道：“你的自由就是我的自由。”

192

女人啊，在你的笑声里，你拥有着生命之泉的音乐。

193

一个全是逻辑的头脑，恰如一柄全是锋刃的刀。
它令使用这刀的手流血。

194

神爱人的灯光甚于爱他自己那些伟大的星星。

195

这个世界是狂风暴雨的世界，被以美的音乐驯束着。

196

“我的心犹如盛放你的吻的金匣。”晚霞对太阳说。

197

触摸可能会杀害，远离也许会占有。

198

蟋蟀的鸣唱，雨的淅沥，穿过黑夜向我传来，如同我逝去的青春所发出的梦的沙沙声。

199

“我失去了我的露珠。”花儿向失去了满天星斗的晨空哭诉道。

200

燃烧着的木头迸发出火焰，叫道：“这是我的花朵，我的死亡。”

201

黄蜂认为毗邻而居的蜜蜂们储蜜的蜂房太小。

他的邻居们叫他去造一个更小的。

202

“我存不住你的波涛。”河岸对河水说：
“让我把你的足迹存在我心里吧。”

203

白昼以这小小尘寰的喧嚣，淹没了所有世界的静寂。

204

歌声在空中感到无限，图画在地上感到无限，诗歌在空中和地上都感到无限。

因为诗歌的言辞蕴含着走动的意义和翱翔的音乐。

205

当太阳在西方沉落的时候，他的东方之晨已经悄悄地站在他面前。

206

让我不要将自我错误地放置在我的世界里，使它反对我。

207

赞美使我惭愧，因为我暗中乞求得到它。

208

在我无事可做的时候，让我什么事都不要做，就那样无忧地沉入平静深处，如海水沉静时海岸上的黄昏。

209

少女啊，你的纯朴，如湖水之蓝，展露出你的真实之深。

210

最好的不会独自来临。它来时有一切为伴。

211

神的右手是温柔的，但他的左手却可怕。

212

我的黄昏从异国的林间而来，说着一种我的晨星所不懂的语言。

213

夜之黑暗是一个口袋，会迸出黎明的金光。

214

我们的欲望，将虹的色彩借给只不过是云雾的人生。

215

神等待着从人的手中赢回他自己的花朵，那是他送出去的礼物。

216

我的忧思戏弄我，问我它们自己的名字。

217

果实的贡献是宝贵的，花朵的贡献是甜美的，但是让叶子的贡献成为我的贡献吧，谦卑地奉出它的绿荫。

218

我的心已经在悠闲的风中扬起帆，要去无论何处的多荫之岛。

219

人们残忍，但人是善良的。

220

让我做你的杯子，把我的充盈奉献给你和你的一切。

221

暴风雨像是某位天神在痛苦中的哭号，为了他被尘世所拒绝的爱。

222

世界并不漏，因为死亡并非一个裂缝。

223

生命因失去的爱而变得更加富有。

224

我的朋友，你那伟大的心闪耀着东方日出的光芒，如曙色中一座孤独的山冈那积雪的巅峰。

225

死亡之泉使生命的止水喷涌。

226

我神啊，那些拥有一切却没有你的人，在嘲笑那些一无所有而只有你的人。

227

生命的运动在它自己的音乐里得到休息。

228

踢足只能从地上扬起尘土，而不是长出谷物。

229

我们的名字是夜间海浪上的光，闪烁了一下，便记号也不留地泯灭了。

230

让目光只看到玫瑰花的人看到它的刺。

231

给鸟翼镶上黄金，它便再也不会在天空上翱翔了。

232

我们家乡的荷花，在这异乡的水面上同样地开放，散发出同样的甜香，只是名字不同罢了。

233

在心的视野里，距离显现得更加辽远。

234

月亮将她的光映遍天空，将黑斑留给她自己。

235

不要说“这是早晨”，借昨天的名义把它打发走。把它看成初次见到、尚未命名的新生婴孩吧。

236

烟向天空夸耀，灰向大地夸耀，说他们是火的兄弟。

237

雨点对茉莉花喁语道：“永远把我留在你心里吧。”

茉莉叹息了一声：“唉。”凋落到了地上。

238

胆怯的思想哦，不要怕我。

我是一个诗人。

239

我的思想的朦胧的寂静里，似乎充满了蟋蟀的鸣唱——声音的灰蒙蒙的曙暮光。

240

火箭呵，你们对群星的侮辱，随着你们自己回到了地上。

241

你曾经引导我穿过我白昼的拥挤旅途，到达我黄昏的孤寂。

在通宵的寂静里，我等待着这行程的意义。

242

这生命是横渡大海的航程，在海上我们相聚在同一艘狭小的船中。

死亡时我们便到了岸，各自去往不同的世界。

243

真理之川从它的错误之河床中流过。

244

今日我的心得了思乡病，在想念跨过时间之海的那一个甜蜜的时辰。

245

鸟儿的歌声是晨光从大地上折返空中的回音。

246

“你骄傲得不屑吻我吗？”晨光问金凤花道。

247

“我该怎样对你歌唱，怎样崇拜你，太阳？”小花问。

“以你那纯洁中所含的素朴的静默。”太阳答道。

248

当人是兽时，他比兽更坏。

249

暗云被明光亲吻时，便成了天国的花朵。

250

不要让剑锋嘲笑剑柄之钝。

251

夜之寂静，如一盏深邃的灯，燃着银河之光。

252

在生命之阳光明媚的岛屿四周，日夜澎湃着死亡之无尽的大海的歌声。

253

一片片山峦作花瓣，饮着阳光，这大山不正如一朵花吗？

254

真实的含义被误解、轻重被倒置时，便成了不真实。

255

我的心，从世界的运动中发现你的美吧，如小船得风与水之优雅。

256

眼睛不以其视力为骄傲，却以它们的眼镜为骄傲。

257

我生活在我的这一个小小世界里，唯恐把它缩小分毫。把我提升到你的世界里，让我得到快乐地失去我的一切的自由吧。

258

假永远不能凭借力量增长而成真。

259

我的心荡漾着歌的波涛，渴望抚爱这阳光明媚的绿色世界。

260

路边的草儿，爱星星吧，那样你们的梦便会在花儿中实现。

261

让你的音乐像一柄剑，刺入市井之喧嚣的中心。

262

这棵树的颤动的树叶触着我的心，如同婴孩的手指。

263

我的灵魂的这层伤悲是她那新娘的面纱。

它等待着在夜间被揭开。

264

小花躺在尘土中。
它曾经寻觅蝴蝶的路径。

265

我在道路的世界里。夜来临了。打开你的大门吧，你这家的世界。

266

我已经唱过你的白昼之歌。在黄昏里，让我提着你的灯，穿过急风暴雨中的小径吧。

267

我不要求你进家门。
到我无限的孤寂中来吧，我的爱人。

268

出生属于生命，死亡也属于生命。落下脚是走路，抬起脚也是走路。

269

我已经学会你以花朵和阳光所喁语的意义——请教我明白你用痛苦和死亡所说的话语吧。

270

夜的花朵迟到了，当早晨亲吻她时，她颤抖着，叹息一声，凋落到地上。

271

透过万物的悲哀，我听见永恒母亲的低吟。

272

我作为陌生人来到你的岸上，我作为客人住在你的家中，我作为朋友离开你的家门，我的大地。

273

当我去时，让我的思想来到你身边，如夕阳的余晖留在寂静星空的边缘。

274

在我心中点亮休憩之晚星，然后让夜对我喁语爱情。

275

我是黑暗中的一个孩子。

我从夜的床罩里伸出双手寻摸你，母亲。

276

白昼的工作已经做完。把我的脸藏在你臂弯里，母亲。

让我做梦。

277

相聚之灯燃了很久；分离时，它顷刻之间就熄灭了。

278

世界啊，当我死时，请在你的静默里给我保留一句话：“我曾经爱过。”

279

我们爱这世界时，我们便活在这世上。

280

让逝者拥有名之不朽，但是让生者拥有爱之不朽。

281

我一直看着你，如半醒的孩子在熹微的曙光中看着他的母亲，然后微笑着又睡着了。

282

我将一次次地死去，以明了生是耗之不竭的。

283

当我随同人群在路上走过时，我看见你从阳台上送过来的微笑，我歌唱起来，忘却了一切喧嚣。

284

爱是充实了的生命，如盛满了酒的杯子。

285

他们点燃自己的灯，在他们的寺庙里唱着自己的话语。

鸟儿却在你自己的晨光里唱着你的名字——因为你的名字是快乐。

286

在你的静默之中心引领着我，给我的心充满歌吧。

287

那些选择了他们那嗞嗞作响的烟花之世界的人，让他们就生活于其间吧。

我的心渴望着你的群星，我的神。

288

爱的痛苦围绕着我的生命歌唱着，如深不可测的大海；而爱的欢乐像群鸟一样，在它那鲜花盛开的树丛中歌唱。

289

你希望熄灯的时候，就熄了它吧。

我将懂得你的黑暗，并且爱上它。

290

当我在白昼的尽头站在你面前时，你将看到我的疤痕，知道我既受过创伤，也得到了痊愈。

291

总有一天，我会在另一个世界的日出里对你歌唱：“从前我曾在大地之光、在人类之爱中见过你。”

292

从别的日子飘浮到我生命里来的云，不再落雨，不再引发风暴，而是给我落日时分的天空以色彩。

293

真理扬起反对它自己的风暴，将它的种子撒播到四面八方。

294

昨夜的风暴给今天的清晨戴上了金色和平之冠冕。

295

真理似乎带着它的结语而来，而这结语又诞生了新的结语。

296

名声的光彩没有盖过其真实的人是有福的。

297

当我忘记自己的名字时，你的名字之甜蜜充溢着我的心——如同雾散后你的朝阳。

298

静谧的夜有着母亲之美，喧嚣的白昼有着孩童之美。

299

人微笑时世界爱他，人大笑时世界怕他。

300

神等待着人在智慧中重新获得童年。

301

让我感到这世界是你的爱的化身，然后我的爱将相助于它。

302

你的阳光对我心灵的冬日微笑着，深信不疑它春天的花朵。

303

神在爱中亲吻着有限，人亲吻着无限。

304

你穿越过荒芜岁月的沙漠，抵达圆满的时刻。

305

神的静默使人的思想成熟为话语。

306

永恒的旅行者啊，你会在我的歌上找到你横贯而过的足迹。

307

你在你的孩子身上彰显着你的荣耀，父亲，别让我使你蒙羞。

308

这是个没有乐趣的日子，愁眉不展的云层下面，光像一个受罚的孩子，苍白的脸颊上挂着泪痕，风的哭号犹如一个受伤的世界的哭声。但我知道，我是在去与朋友相会的旅途上。

309

今夜，棕榈叶间一片喧哗，大海一阵汹涌，满月犹如世界之心的悸动。从哪一片不知名的天空，你在沉默中带来了爱之痛苦的秘密？

310

我梦见一颗星，一个光的岛屿，我将在那里出生，在它那胎动着的悠闲之深处，我的生命将成熟它的作品，如秋阳下的稻田。

311

在雨中，湿的大地的气息扬升起来，像众多无声的卑微者所发出的赞美诗的伟大歌声。

312

爱也会失败，那是我们无法当作真理来接受的一个事实。

313

总有一天，我们会知道死亡永远无法夺去我们的灵魂所获得的东西，因为她的获取和她本身是一体。

314

神在我的黄昏的薄暮中向我走来，带着我的过去所开放的花朵，在他的篮子里，那些花依然保持着新鲜。

315

当我的生命之琴弦全都调校谐和的时候，我的主啊，你的每一下碰触都会产生爱的音乐。

316

让我真实地生活着，主啊，那样死亡对于我就会变得真实。

317

人类的历史在耐心地等待着被侮辱者的胜利。

318

这一刻，我感觉到你的目光注视着我的心灵，像早晨那阳光明媚的寂静，落在收获过的孤寂田野上一样。

319

隔着这汹涌的喧嚣之海，我渴望着歌声之岛。

320

夜的序曲开始于日落时分的音乐，开始于它献给不可言喻的黑暗的庄严颂歌。

321

我攀登上高峰，在声名的荒芜不毛的极顶，找不到一席遮身之处。我的向导啊，引领我在光明消逝之前，进入那沉静的溪谷吧。在那里，生命的收获将成熟为金色的智慧。

322

在这暮色的朦胧之中，万物看上去犹如幻影——尖塔的基座消失在黑暗之中，树顶像是斑斑点点的墨迹。我将等待早晨，并醒来看你光明中的城市。

323

我曾经受苦、绝望，曾经认识死亡，我庆幸身在这伟大的世界之中。

324

我的生命里也有大片荒芜寂寥的地带。它们是几片开阔的空地，留给我那些忙碌的日子享受空气和阳光。

325

我那未完成的过去，从背后紧攥着我，给死亡作难，让它放开我吧。

326

“我相信你的爱。”让这句话作我最后的话。

采果集（1916）

1

你吩附一声，我就去采我的果子，满篮满篮送进你的庭院，尽管有的失落了，有的没有熟。

因为季节因充实而变得沉甸甸的，树荫下传来牧羊人悲伤的笛声。

你吩咐一声，我就去河上扬帆。

三月的风烦躁不安，倦怠的波浪被它搅扰得发出怨言。

花园已经产出它全部的果实，在疲倦的黄昏时分，从夕阳下你岸边的屋子里，传来了呼唤。

2

年轻时我的生命像一朵花儿，当春天的微风来到她门前求乞时，她从自己的充裕中解下一两片花瓣，从未觉察到损失。

如今在青春的尽头，我的生命像一枚果实，没有什么可分让了，只等着完全地奉献出自己，连同她那甜美的负担。

5

我不了解你信号的含意时，一撮尘土也能掩盖它。

如今我聪明些了，透过它从前的一切掩盖，读懂了它。

它描绘在花瓣上，波浪的泡沫上闪烁着它，山峦把它高擎在峰巅。

我曾经对你背过脸去，因而错会了字面的意思，没有领会它们的含意。

6

在创造道路的地方，我迷失了道路。

在浩瀚的水面，在蔚蓝的天空，没有一道航迹。

鸟儿的翅膀、星辰的火光、徒步旅行的四季所开放的花朵，掩藏了路径。

我问我的心，它的血液是否载着智慧，能找到看不见的道路。

7

唉，我不能留在屋里，对于我，家已经不成其为家，因为永恒的异乡人在呼唤，他正在路上走着。

他的脚步声敲击着我的胸，令我痛苦！

风过来了，海在呻吟。我抛下一切烦恼和疑虑，随无家的潮水而去，因为永恒的异乡人在呼唤我，他正在路上走着。

8

准备启航，我的心！那些一定要拖延的，就让他们拖延吧。

因为晨空中在呼唤你的名字。

不要等任何人!

蓓蕾所期待的是夜晚和露珠，而开放的花朵却呐喊着要阳光下的自由。

冲破你的鞘，我的心，出发!

9

当我留连在我贮藏的财宝中间时，我感到自己像一条虫，在黑暗中蛀食孵生它的果实。

我遗弃了这座朽败的牢狱。

我不想依附这霉腐的静寂，我要去追寻永恒的青春；一切不与我的生命相一致的，不与我的笑声一样轻盈的，我都抛弃了。

我穿越时间而奔驰，我的心啊，那个一路漂泊一路歌唱的诗人，在你的战车里跳舞。

15

你的话语简明而朴实，我的主，但谈论你的那些人不是这样。

我懂得你的群星的声音，懂得你的树木的静默。

我知道我的心会像花朵一样开放，我的生命已在一道隐蔽的泉边注满。

你的歌如同寂寞雪原上飞来的鸟儿，正飞来飞去在我的心中筑巢，以待它四月里的暖意，而我正满足地等候那欢乐时节的来临。

17

我拿着瓦灯从屋子里出来，喊道："来吧，孩子们，我会照亮你们的路！"

夜依然黑漆漆的，我把寂静还给道路，一边往回走，一边喊道："火啊，点亮我吧！我的瓦灯破了，碎落在尘土中了！"

18

不，让蓓蕾开放出花朵不是你的事。

摇晃它，敲打它吧；但使它开花却是你力所不及。

你的触摸玷污了它，你把花瓣撕成碎片，撒在尘土之中。

但是没有色彩绽现，也没有芬芳吐露。

啊！让蓓蕾开放出花朵不是你该做的事。

能让蓓蕾开放的，做起来轻而易举。

他瞥上一眼，生命之液便在它脉管中激活。

他呼一口气，花儿便展开翅翼，在风中扑动。

色彩像心灵的渴望一样涌现，芬芳泄露出一个甜美的秘密。

能让蓓蕾开放的，做起来轻而易举。

22

这一个秋日之晨已经厌倦了过多的光，如果你的歌声已经变得断断续续，没精打采，那就把你的长笛借给我片刻。

我只是忽发奇想要耍弄一下——时而把它放在膝上，时而用嘴唇碰碰它，时而把它安放在我身边的草地上。

但是在黄昏的肃静里，我要采集花朵，用花环装饰它，使它充满芬芳；我将点亮灯盏祭拜它。

然后在夜间，我会来到你身边，把你的长笛还给你。

当孤寂的新月在群星间漂泊时，你将用它吹奏子夜的音乐。

23

在风声与水声中，诗人的思想在生命的波涛上跳舞。

现在，太阳已经西沉，暮色已浓的天幕悬临海面，像低垂的睫毛挂在疲倦的眼睛上一样。是时候了，拿走他的笔，让他的思绪沉入深深的海底，沉到那种永恒的静寂之秘密中间。

25

晨鸟歌唱。

他哪里来晨的歌词？曙光还没有破晓，恶龙般的黑夜仍然用冰冷、黑暗的身体盘绕着天空。

告诉我，晨鸟，来自东方的使者如何穿过天空和树叶双重的黑夜，设法来到你的梦中？

当你大叫“太阳快要升起，黑夜即将消逝”时，世界并不相信。

啊，沉睡者，醒来！

露出你的前额，等待第一道阳光的祝福，带着快乐的信念，与晨鸟一同歌唱吧。

28

我一次又一次来到你的大门前，举着双手，乞求更多、更多。

你一次次地给予，时而细斟慢酌，时而慷慨异常。

有些我接着，有些我让它掉落；有些躺在我手中沉甸甸的，有些被我变作玩具，玩腻了便弄坏掉；最后你的馈赠品的残骸和储藏堆积如山，隔断了你，无休止的期望耗损了我的心。

拿去，啊，拿去——现在成了我的呼叫。

砸碎这乞丐碗中的一切；熄掉这纠缠不休的守望者的灯盏；抓住我的手，从这堆仍在聚敛中的馈赠品里，把我提起来，带入你毫不拥挤的庭前，那赤裸的无限之中。

29

你将我置于失败者中间。

我知道那为的不是让我获胜，也不是让我退出比赛。

我将一头扎进池子，即便沉到水底。

我要参加这场令我毁灭的比赛。

我将押上我的一切，等到输光最后一文时，便押上我自己，我想，那样我将通过彻底失败而获胜。

35

号角躺在尘土里。

风已倦，光已死。

啊，这不祥的日子！

来吧，战士们，扛起你们的旗帜，歌手们，唱起你们的战歌！

来吧，征途中的朝圣者们，加快你们的步伐！

号角躺在尘土里等待着我们。

带着晚祷的祭品，我在去神庙的路上；灰头土脸辛劳一天后，我在找一个休息的地方：我希望治愈身上的创伤，洗去衣服上的污点，这时我发现你的号角躺在尘土里。

我傍晚点灯的时辰还没有来到？

黑夜还没有向群星唱过摇篮曲？

你血红的玫瑰啊，我的睡眠之罂粟已失色凋谢！

我的漫游确已结束，我的债务都已偿清，这时我遇见你的号角躺在尘土里。

用你青春的符咒搏动我的心吧！

让我的生命之欢乐燃起火焰。让觉醒之箭穿透黑夜的心脏，以一阵恐惧的战栗撼动盲目和麻痹。

我来是为了拿起你尘土里的号角。

我不再有睡眠——我的脚步将行进在箭雨之中。

有人将离开家，投奔到我身边——有人将哭泣。

有人在床上，将在噩梦中辗转呻吟。

因为今夜，你的号角将吹响。

我向你要求过和平，寻来的却只有耻辱。

而今我站在你面前——帮助我穿上盔甲吧！

让烦恼的重击将火焰刺入我的生命。

让我的心在痛苦中擂响你的胜利之鼓。

我将两手空空，将你的号角举起。

36

他们高兴得发狂，扬起尘土弄脏你的衣袍。美神啊，这让我的心厌恶。

我向你哭喊：“拿起你的惩罚之杖，审判他们！”

晨光照射在那些通宵狂欢而发红的眼睛上；白色百合之地迎来他们灼热的鼻息；群星透过神圣深邃的暗黑注视他们狂饮——那些扬起尘土弄脏你衣袍的人，美神啊！

你的审判席在花园里，在春天鸟儿的鸣啭里，在多荫的河岸上：那里树木喁语着，回应波浪的喁语。

啊，我的爱神，他们在情欲中毫无怜悯之心。

他们在黑暗中游荡，劫掠你的饰物去装扮他们自己的欲望。

他们袭击你，使你痛苦——这刺中了我的痛处，我向你哭喊：“拿起你的惩罚之杖，审判他们。”

啊，你的正义警醒着呢。

母亲的泪水洒在他们的傲慢上面，爱人不灭的忠贞将他们的背叛之矛藏进了自己的伤口。

你的审判在不眠之爱的无言之痛里，在贞洁者的赧颜里，在被遗弃者夜间的泪水中，在宽恕者苍白的晨辉里。

可怖之神啊，夜间他们在不计后果的贪欲中翻越你的大门，闯进你宝库偷盗。

但他们劫得的财物变得无比沉重，无法搬运和挪动。

于是我向你哭喊：“宽恕他们吧，啊，可怖之神！”

你的宽恕迸发成暴风雨，将他们摔倒，把他们的赃物撒落在尘土里。

你的宽恕寓于雷霆之石、鲜血之雨，寓于愤怒的血色黄昏。

40

火啊，我的兄弟，我向你歌唱胜利。

你灿烂鲜红的形象属于极度的自由。

你在天空中挥舞着手臂，你狂放的手指掠过竖琴的琴弦，你的舞曲那么美。

当我的日子结束，大门敞开的时候，你将把这捆绑手脚的绳索烧成灰烬。

我的身躯将与你合为一体，我的心将被卷入你盘旋的怒焰，我燃烧着的生命所放射的热将闪耀出光辉，将自身融入你的光焰之中。

44

站在你我之间的白昼，最后一次躬身道别。

夜拉起面纱罩住脸，也遮住了我卧室里点燃的唯一一盏灯。

你的黑暗仆人悄无声息地进来，铺好新婚的毡子，让你坐下和我独处，在无言的静寂中，直至夜尽。

50

在闪电的刹那一闪间，我在我的生命中看到了你的创造之无限——通过许多次从一个世界到另一个世界的死亡，你所进行的创造。

当我看到我的生命掌握在无意义的时辰之手中时，我为自己的无价值而哭泣——但是当我看到它掌握在你手中时，我懂得了这生命极其珍贵，不应虚掷在暗影中间。

54

云对我说：“我消散无踪。”夜说：“我投入火红的黎明。”

痛苦说：“我保持深深的沉默，一如他的脚步。”

“我死而进入圆满。”我的生命对我说。

大地说：“我的光每时每刻亲吻你的思想。”

“岁月流逝，”爱说，“但我等着你。”

死亡说：“我掌着你生命之舟的舵，漂洋过海。”

62

“啊，太阳，除了天空，还有什么能够容纳你的形象？”

“我梦见你，但我绝不敢指望侍奉你，”露珠哭泣着说，“伟大的主啊，我太渺小了，无法承载你，我的生命全是泪珠。”

“我照亮无垠的天空，却也能委身于一颗微小的露珠，”太阳这样说道，“我将化作一片闪光，充满你，你小小的生命便会成为一颗含笑的星球。”

63

不知节制的爱不适合我，它像满是泡沫的酒胀破了容器，瞬息间便会流淌一地，白白浪费了。

赐予我你那雨一样清凉纯净的爱，它给干渴的大地赐福，把家中的陶罐注满。

赐予我滋润的爱，它浸透生存之中心，像看不见的树液，渗流遍多枝多桠的生命之树，诞生出果实和花朵。

赐予我以平和之充盈保持心灵宁静的爱。

65

这城里也许有一所宅子，今晨在阳光的触摸下永远敞开了大门，光明在此完成了使命。

树篱上和花园里花儿已经开放，也许有一颗心，今晨从中发现了从无尽的时光运送来的礼品。

70

你在天上举起明灯，光照在我脸上，阴影落在你身上。

我在心中擎起爱之灯，光照在你身上，我落在后面，站在阴影里。

72

欢乐从全世界奔来构建我的躯体。

诸天的光明一遍遍地吻她，直到她醒来。

匆促夏季的花朵叹息出她的呼吸，风儿和流水的声音歌唱出她的举止。

云霞和森林的色彩之潮，以它们的激情流入她的生命；万物的音乐将她的肢体爱抚成形。

她是我的新娘——在我屋子里，她点亮了她的灯。

76

我曾胆怯地畏缩在庇荫中，但现在，当欢乐的巨浪将我的心推到浪尖，我的心紧紧地抱住它的烦恼——那残酷的礁石。

我曾独坐在屋中一隅，想着它太狭小，容不下来客，但现在，当欢乐这不速之客撞开门户，我发现它宽敞有余，容得下你和整个世界。

我曾蹑足行走，很留意自己洒过香水、经过打扮的外表——但现在，当一阵快乐的旋风将我抛在尘土之中，我大笑着，在你脚下像孩子一样在地上打滚。

79

别让我祈求得到避险庇护，让我为无畏地直面危险而祈祷。

别让我为平息痛苦而求乞，让我乞求得到一颗征服痛苦的心。

在生命的战场上，别让我指望盟友，而是指望自己的力量。

别让我在焦虑恐惧中渴望获救，而是希望得到耐心去赢得自由。

答应我，别让我成为懦夫，只在成功时感觉到你的恩典；让我在失败时发觉你的手的把握。

83

I

我感到所有的星辰都在我里面闪闪发光。世界像洪水一样奔涌进我的生命。

花朵在我身体里开放。陆地和海洋的所有青春活力，像熏香一样在我心中升起香烟；万物的呼吸像吹奏长笛一样，从我的思想中奏出音乐。

Ⅱ

世界入睡后我来到你门前。

群星静默不语，我不敢歌唱。

我等待和守望着，等到你的影子经过夜之阳台，才带着充实的心归去。

然后是早晨，我在路旁歌唱。

树篱上的花儿应和着我的歌声，晨风侧耳聆听。

旅人蓦然驻足，凝望着我的脸，以为我呼唤过他们的名字。

Ⅲ

把我留在你门边，时刻听从你的意愿；让我在你的王国里四处走动，接受你的召唤。

别让我沉沦和消失在倦怠的深渊里。

别让我的生命在空虚中虚耗成碎布。

别让那些疑惑包围我——那些令人心猿意马的灰尘。

别让我千方百计地聚敛。

别让我扭曲心灵受多数人的驾驭。

让我高昂着头，勇于做你的仆人，并引以为自豪。

86

感恩祈祷

那些走在傲慢之路上的人，践踏和碾压着卑贱者的生命，用他们血淋淋的脚印覆盖了大地的嫩绿。

让他们快活吧，感谢你，主，今天是他们的。

但我感谢我的命运与卑微者相连，他们在苦难中承受着权力的重压，在黑暗中捂着脸，饮泣吞声。

他们每一次痛苦的抽搐都在你隐秘的黑夜深处引起悸动，他们所受的一切凌辱都在你伟大的静默之中汇集。明天是他们的。

太阳啊，从那些流血的心上升起来，盛开出黎明之花，让傲慢狂欢的火炬之光畏缩成灰烬。

情人的礼物（1918）

2

到我的花园里来漫步吧，我的爱。走过一片片直扑视野的热情的花朵。走过去，驻足在某个偶然的欣喜跟前：它像一片意外的日暮奇观，光明然而躲闪。

因为情人的礼物是羞怯的，它从不说出自己的名字，它掠过绿荫，在尘土中撒开一片欢乐的颤抖。

追上它，或者永远错失它。但捉得住的礼物只是一朵脆弱的花，一盏火光摇曳的灯。

4

她贴近我的心，如草地上的花之贴近大地；她之于我之甜蜜，如睡眠之于疲惫的肢体。我对她的爱是我生命的漫溢流淌，像秋日泛滥的大河，宁静而放任地奔泻。我的歌与我的爱一体，如潺潺的溪水，以它全部的波浪和水流歌唱。

5

即使我拥有了天空和它所有的星辰，拥有了世界和它无尽的财富，我仍会要求更多；但如果她是我的，只要在这地球上有最小的一隅，我也会心满意足。

8

有你的地方。你独自一人，带着新刈的稻捆。我船上人很多，货很沉，但我怎能回绝你？你年轻的身体苗条摇曳，你的眼角笑意闪烁，你衣袍的颜色如同雨云。

旅客们会陆续上岸，各走各的路，各回各的家。你会在我的船头坐上一会儿，旅程结束时没有人会叫你离开。

你去什么地方，回什么样的家，在哪儿存放你的稻捆？我不会开口问你。但收起帆、泊好船之后，我会坐在夜色中纳闷——你去什么地方，回什么样的家，在哪儿存放你的稻捆？

13

昨夜在花园里，我向你献上我青春的满是泡沫的酒。你把杯子举到唇边，闭上眼睛微笑着；而我撩起你的面纱，解开你的长发，把你恬静甜美的脸，贴在我的胸膛，昨夜，当月光之梦漫溢在睡眠之境的时候。

今日，黎明之平静像露珠一样冰凉，你沐浴过，一身白衣，走在去神庙的路上，手中是满篮的鲜花。我在树荫下低垂着头，在黎明之平静中，伫立在通往神庙的孤独的路旁。

28

我梦见她坐在我床头，手指轻轻拨动我的头发，奏她美妙的爱抚之曲。我望着她的脸，竭力忍住泪水，话不能出声的苦恼胀破了我的睡眠，像破灭一个水泡一般。

我坐起来，看见窗外银河的光辉，如一个着了火的寂静世界，我不知此时此刻，她有没有做一个和我押韵合拍的梦。

40

我的青春，那些逝去的日子，送来一个消息说："我在尚未降生的五月的战栗中等待你，那里微笑为眼泪而成熟，时辰因未唱出的歌而疼痛。"

它说："越过磨灭了的时代之辙，穿过死亡之门，来我这儿吧。因为梦已褪色，希望已落空，岁月培育的果实也已腐烂，而我是永恒的真实，从此岸到彼岸的生命旅程中，你会一而再地和我相逢。"

43

垂死的生命，你把伟大的永恒之悲哀留给了我的一生。你用你离别时的日落之色，描绘出我思想的地平线，留下泪水的痕迹越过尘世通往爱的天国。生与死被紧抱在你亲爱的怀里，在我之中合而为一，结成婚约。

我觉得自己能看见你点亮了灯，守望在那边的阳台上，那是一切事物之结束与开始的相逢之处。我的世界因此而穿过你打开的一道道门——你将死亡之杯举到我唇边，里面倒满了你自己的生命。

47

道路是我已婚的伴侣，她整天在脚下对我说话，整夜对我的梦唱歌。

我们的相逢没有开端，她无穷尽地开始于每天拂晓，以鲜花和歌声更新它的夏季，她的每一个新吻对我都是初吻。

道路和我是情侣。我夜夜为她更换新装，破晓时分将褴褛的旧累赘留给路边客栈。

49

天堂在哪里？我的孩子，你问我——圣贤告诉我们，它在出生与死亡的界限之外，不受日与夜的节奏制约；它不属于尘世。

但你的诗人却知道，它永恒的饥渴指向时间与空间，它始终在努力，要降生到这多产的尘世。天堂在你甜美的身体中实现，我的孩子，在你跳动的心里。

大海快乐地擂响鼓点，花儿踮着脚尖来吻你。因为天堂在你之中降生了，在尘世母亲的怀抱里。

游思集（1921）

（I）

1

你忧郁地席卷前去，永恒的游思，在你无形体的急流周围，死寂的空间漩起光的泡沫。

是否你的心迷失给了他——在无边的孤寂中遥相呼唤的情人？

是否只因你心急如焚、匆忙仓促，你纠结的发绺才披散成暴风雨般的纷乱，断线项链般的火珠才沿着你的路径翻滚？

你迅捷的步履，把这世界的尘土吻成甜美，扫荡开一切的废物；你舞蹈的四肢，集聚起风暴，将死亡的圣霖抖落在生命之上，更新了她的生长。

倘若你突然厌倦而停留片刻，世界将轰隆隆滚作一团，成为阻挡自己前进的障碍；甚至最细微的尘埃，也将以一种无法承受的压力，刺透无垠的天空。

你看不见双足摇动着光的脚镯，它们的节奏复苏了我的思想。

我的心之律动里，回响着它们的声音；我周身的血液里，澎湃起古代海洋的颂歌。

我听见轰雷般的洪水冲走我的生命，从一个世界到另一个世界，从一个形态到另一个形态，把我的身心化为无穷的天赐飞沫，化作悲叹和歌声。

浪潮高卷，疾风劲吹，这小船舞蹈着，像你自己的愿望一样，我的心！

把积聚的物品留在岸上吧，扬起风帆，越过无底的黑暗，驶向无限光明。

7

对于你我就像黑夜，小花儿。

我只能给你和平，和隐藏在黑暗中的无眠的静谧。

早晨你睁开眼睛时，我会留给你一个世界，蜜蜂营营，鸟儿啁啾。

我给你的最后的礼物，将是一滴落入你青春深处的泪，它将使你的微笑愈发甜蜜，对着白昼无情的笑颜，把你的面容笼罩在雾中。

12

像湍急蜿蜒的小河，你欢笑着舞蹈着，轻快地前去，脚步唱着歌。

像崎岖陡峭的河岸，我无言的兀立着，静静地滞留，忧郁地凝望着你。

像庞大而愚蠢的风暴，我蓦然间奔突而来，要撕碎自己的身心，一片片撒进激情的旋风。

像闪电纤细而锋利的瞬光，你刺透骚乱的黑暗之心，消失于一道鲜明的大笑之光中。

17

雨下得正急。河水奔腾嘶鸣，舔食和吞噬着小岛；我独自等候在不断变小的岸边，守着我的稻捆堆。

一条船从对岸的阴影中过来，一个女人掌着舵。

我向她喊道："过来吧，饥饿的水困绕着我的小岛。来取走我一年的收成吧。"

她来了，取走了我的一切，一粒也不剩；我求她把我也捎走。

但是她说："不。"——船上已载满我的馈赠，没留下我容身的余地。

(II)

7

我的歌像蜜蜂；它们在空中追寻你的芳踪——追寻对于你的记忆。它们嗡嗡地围绕着你的娇羞，渴慕着里面的珍藏。

当黎明的清新在阳光下消隐，当正午的空气凝重而低垂，森林里一片寂静，我的歌回家来了，疲倦的翅膀上沾满了金粉。

11

你以你的爱使我伟大，虽然我只是许多俗人中的一个，随波逐流，颠簸在世界沉浮不定的恩宠之中。

你给了我一席之地，在所有时代的诗人奉上贡品、拥有不朽之名的情侣穿越世纪互致问候的地方。

市场上，人们匆匆走过我身旁——他们永远留意不到，我的身体因你的爱抚而变得珍贵，我的内心承载着你的亲吻，如太阳的球体承载着神火而永放光辉。

21

父亲从葬礼上回来了。

他七岁的男孩站在窗前，大睁着眼睛，脖子上挂着护身金符，满脑子他这个年龄难解的思想。

父亲把他搂在怀里，这男孩问道：“母亲在哪儿？”

“在天堂。”父亲指着天空，答道。

夜间父亲因悲而乏，在睡梦中呻吟。

一盏灯在卧室门边幽幽地燃着，一只蜥蜴在墙上捕捉飞蛾。

男孩从睡梦中醒来，双手摸索着空荡荡的床，悄悄出门来到露台上。

他举目仰望天空，默默地、久久地凝视着。他那迷惑的心灵把疑问投向四面的黑夜：“天堂在哪儿？”

没有谁回答：无知的黑暗中只有星星，像它的一颗颗灼灼的泪珠。

（III）

1

来吧，春天，大地的鲁莽的情人，使森林的心为了要倾诉而喘息！

化作不安的阵风，来到这鲜花盛开、新叶竞绽的地方！

像光明的叛逆，闯过夜的监守，冲破湖水的暗黑暗哑，冲破尘土下的地牢，向被束缚的种子宣告自由！

像闪电的大笑，像暴风雨的呼啸，闯进喧嚣的城镇中心，解放被窒息的话语和无知觉的努力，增强我们快要衰落的斗志，征服死亡！

7

大地啊，我常常觉得自己的身心渴望在你身上流淌，渴望分享每一片绿叶的欢乐——它们举起信号旗，在回应蓝天的问候！

我觉得自己出生前的许多世代便属于你。这就是为何，在秋日里，当季节的光辉在成熟中的稻穗上闪烁，我便仿佛忆起一段我心神无处不在的往昔，甚至听见玩伴的声音回响在遥远的、隔着重重帷幕的过去。

黄昏时分，当牛群回栏，从草场小径上扬起尘土，当月亮高过村舍里升起的炊烟，我心中便有一丝哀愁，仿佛为了生存的第一个早晨一段非同寻常的别离。

33

我的眼睛感觉到这天空的深邃的宁静，周身一阵激动，那感觉如同一棵树——当它举起绿叶之杯去斟满阳光。

我心头升起一缕思念，像绿草在太阳下散发的温暖气息；它与流水拍岸的汩汩声，与乡间小巷里风儿疲惫的叹息交织在一起——这思念就是，我曾经和这世界的整个生命一同生活，并且给了它我的爱恋和悲戚。

大悦读®
精装全译本

书 目

童年
钢铁是怎样炼成的
昆虫记
名人传
海底两万里
鲁滨逊漂流记
格列佛游记
爱的教育
朝花夕拾
呐喊
培根随笔集
骆驼祥子
呼兰河传
猎人笔记
简·爱
镜花缘
儒林外史
寂静的春天
给青年的十二封信
小王子
汤姆·索亚历险记
欧也妮·葛朗台
巴黎圣母院
复活
绿山墙的安妮
爱丽丝漫游奇境
地心游记
在人间
我的大学
格兰特船长的儿女
欧·亨利短篇小说精选
莫泊桑短篇小说精选
契诃夫短篇小说精选
假如给我三天光明
呼啸山庄
雾都孤儿
漂亮朋友
古希腊神话与传说
瓦尔登湖
双城记
三个火枪手
一千零一夜
汤姆叔叔的小屋
泰戈尔诗选
百万英镑
伊索寓言
莎士比亚戏剧集
居里夫人自传
中华上下五千年
论语
好兵帅克
安妮日记
高老头
傲慢与偏见
三国演义
西游记
水浒传
红楼梦
安徒生童话
柳林风声
苦儿流浪记
八十天环游地球
了不起的盖茨比
金银岛
神秘岛
绿野仙踪
尼尔斯骑鹅历险记
吹牛大王历险记
水孩子
茶花女
福尔摩斯探案集
堂吉诃德
大卫·科波菲尔
红与黑
飘
悲惨世界
基督山伯爵
安娜·卡列尼娜
史记
山海经
诗经
最后一课
荒野的呼唤
老人与海
月亮和六便士
少年维特之烦恼
王子与贫儿
罪与罚
海蒂
人性的弱点
人类群星闪耀时
太阳照常升起
秘密花园